瑞蘭國際

瑞蘭國際

掌握必考單字，高分通過新日檢！

新日檢N4單字帶著背！

新版

張暖彗 著

元氣日語編輯小組 總策劃

作者序

積沙成塔，高效率記住所有單字

教學多年，發現很多同學，最討厭的就是「背單字」，雖然這是很不起眼的功課，可是「單字」就像「點」一樣，由無數的「點」，就可以連接成「線」，再藉著這些「線」來建構「面」，自此無限延伸，變化萬千的新世界，便在您眼前展開。所以學語言，首重背「單字」，只要單字背得多，不論文章的閱讀或是聽解都有莫大的幫助。

本書根據日文初學者的進度，循序漸進導入各式各樣實用且必備的主題，透過這些主題的整理，相關的單字都可觸類旁通，可說是事半功倍的背誦方式。

另外，本書也針對日文的特性，整理出複意、複音字（「同音異字」和「同字異音」）等單字，讓讀者可以清晰的了解差異，有助於大家能將單字用得適時適所，不論是縱向的整理或是橫向的統合，面面兼具。

其實單字也可以輕鬆背，請好好跟著本書的腳步，相信您也可以高效率的記住所有的單字，別輕忽了積沙成塔的力量！

張暖彗

戰勝新日檢，掌握日語關鍵能力

元氣日語編輯小組

日本語能力測驗（**日本語能力試験**）是由「日本國際教育支援協會」及「日本國際交流基金會」，在日本及世界各地為日語學習者測試其日語能力的測驗。自1984年開辦，迄今超過30多年，每年報考人數節節升高，是世界上規模最大、也最具公信力的日語考試。

新日檢是什麼？

近年來，除了一般學習日語的學生之外，更有許多社會人士，為了在日本生活、就業、工作晉升等各種不同理由，參加日本語能力測驗。同時，日本語能力測驗實行30多年來，語言教育學、測驗理論等的變遷，漸有改革提案及建言。在許多專家的縝密研擬之下，自2010年起實施新制日本語能力測驗（以下簡稱新日檢），滿足各層面的日語檢定需求。

除了日語相關知識之外，新日檢更重視「活用日語」的能力，因此特別在題目中加重溝通能力的測驗。目前執行的新日檢為5級制（N1、N2、N3、N4、N5），新制的「N」除了代表「日語（Nihongo）」，也代表「新（New）」。

新日檢N4的考試科目有什麼？

新日檢N4的考試科目，分為「言語知識（文字・語彙）」、「言語知識（文法）・讀解」與「聽解」三科考試，計分則為「言語知識（文字・語彙・文法）・讀解」120分，「聽解」60分，總分180分，並設立各科基本分數標準，也就是總分須通過合格分數（=通過標準）之外，各科也須達到一定成績（=通過門檻），如果總分達到合格分數，但有一科成績未達到通過門檻，亦不算是合格。總分通過標準及各分科成績通過門檻請見下表。

N4總分通過標準及各分科成績通過門檻			
總分通過標準	得分範圍	0~180	
	通過標準	90	
分科成績通過門檻	言語知識（文字・語彙・文法）・讀解	得分範圍	0~120
		通過門檻	38
	聽解	得分範圍	0~60
		通過門檻	19

從上表得知，考生必須總分超過90分，同時「言語知識（文字・語彙・文法）・讀解」不得低於38分、「聽解」不得低於19分，方能取得N4合格證書。

另外，根據新發表的內容，新日檢N4合格的目標，是希望考生能完全理解基礎日語。

新日檢程度標準		
新日檢N4	閱讀（讀解）	・能閱讀以基礎語彙或漢字書寫的文章（文章內容則與個人日常生活相關）。
	聽力（聽解）	・日常生活狀況若以稍慢的速度對話，大致上都能理解。

新日檢N4的考題有什麼（新舊比較）？

從2020年度第2回（12月）測驗起，新日檢N4測驗時間及試題題數基準進行部分變更，考試內容整理如下表所示：

<table>
<tr><th colspan="2" rowspan="3">考試科目</th><th colspan="5">題型</th><th colspan="2" rowspan="2">考試時間</th></tr>
<tr><th colspan="2" rowspan="2">大題</th><th rowspan="2">內容</th><th colspan="2">題數</th></tr>
<tr><th>舊制</th><th>新制</th><th>舊制</th><th>新制</th></tr>
<tr><td rowspan="5">言語知識（文字・語彙）</td><td rowspan="5">文字・語彙</td><td>1</td><td>漢字讀音</td><td>選擇漢字的讀音</td><td>9</td><td>7</td><td rowspan="5">30分鐘</td><td rowspan="5">25分鐘</td></tr>
<tr><td>2</td><td>表記</td><td>選擇適當的漢字</td><td>6</td><td>5</td></tr>
<tr><td>3</td><td>文脈規定</td><td>根據句子選擇正確的單字意思</td><td>10</td><td>8</td></tr>
<tr><td>4</td><td>近義詞</td><td>選擇與題目意思最接近的單字</td><td>5</td><td>4</td></tr>
<tr><td>5</td><td>用法</td><td>選擇題目在句子中正確的用法</td><td>5</td><td>4</td></tr>
</table>

考試科目		題型					考試時間	
		大題		內容	題數			
					舊制	新制	舊制	新制
言語知識（文法）・讀解	文法	1	文法1 （判斷文法形式）	選擇正確句型	15	13	60分鐘	55分鐘
		2	文法2 （組合文句）	句子重組（排序）	5	4		
		3	文章文法	文章中的填空（克漏字），根據文脈，選出適當的語彙或句型	5	4		
	讀解	4	內容理解 （短文）	閱讀題目（包含學習、生活、工作等各式話題，約100～200字的文章），測驗是否理解其內容	4	3		
		5	內容理解 （中文）	閱讀題目（日常話題、狀況等題材，約450字的文章），測驗是否理解其內容	4	3		
		6	資訊檢索	閱讀題目（介紹、通知等，約400字），測驗是否能找出必要的資訊	2	2		

<table>
<tr><th rowspan="3">考試科目</th><th colspan="4">題型</th><th colspan="2" rowspan="2">考試時間</th></tr>
<tr><th colspan="2" rowspan="2">大題</th><th rowspan="2">內容</th><th colspan="2">題數</th></tr>
<tr><th>舊制</th><th>新制</th><th>舊制</th><th>新制</th></tr>
<tr><td rowspan="4">聽解</td><td>1</td><td>課題理解</td><td>聽取具體的資訊，選擇適當的答案，測驗是否理解接下來該做的動作</td><td>8</td><td>8</td><td rowspan="4">35分鐘</td><td rowspan="4">35分鐘</td></tr>
<tr><td>2</td><td>重點理解</td><td>先提示問題，再聽取內容並選擇正確的答案，測驗是否能掌握對話的重點</td><td>7</td><td>7</td></tr>
<tr><td>3</td><td>說話表現</td><td>邊看圖邊聽說明，選擇適當的話語</td><td>5</td><td>5</td></tr>
<tr><td>4</td><td>即時應答</td><td>聽取單方提問或會話，選擇適當的回答</td><td>8</td><td>8</td></tr>
</table>

其他關於新日檢的各項改革資訊，可逕查閱「日本語能力試驗」官方網站http://www.jlpt.jp/。

台灣地區新日檢相關考試訊息

測驗日期：每年七月及十二月第一個星期日

測驗級數及時間：N1、N2在下午舉行；N3、N4、N5在上午舉行

測驗地點：台北、桃園、台中、高雄

報名時間：第一回約於三～四月左右，第二回約於八～九月左右

實施機構：財團法人語言訓練測驗中心

（02）2365-5050

http://www.lttc.ntu.edu.tw/JLPT.htm

如何使用本書

主題式總整理

參考歷年考題，統整出在考題中出現機率高，同時也是最基礎的單字群，並依詞性分成七大類與數十個小主題，不可不背！

主題

七大類主題式總整理，認識新日檢N4必備的基礎單字。

一

名詞

背單字就從名詞開始，就算題目再艱深、文字再多，只要名詞部分能大致看懂，就能夠猜出整段文字是在敘述哪方面的人事物。因此，名詞可以說是最基礎也最好掌握的得分關鍵！請好好背熟，就能輕鬆掌握一半以上的得分！

MP3序號

特聘日籍名師錄製，配合音檔學習，一邊聆聽，一邊記憶，記得快又記得牢。

～けん［～軒］名 ～間

さんげんめの　いえは　りんさんの　おたくです。

第三間房子就是林先生的府上。

重點整理

いっけん 一軒	にけん 二軒	さんげん 三軒
よんけん 四軒	ごけん 五軒	ろっけん 六軒
ななけん 七軒	はっけん 八軒	きゅうけん 九軒
じゅっけん、じっけん 十軒		

～だい［～代］名 ～年齡的範圍

このみせは　にじゅうだいの　ひとに　にんきが　あります。

這間店受到二十多歲人的歡迎。

重點整理

じゅうだい 十代	にじゅうだい 二十代	さんじゅうだい 三十代
よんじゅうだい 四十代	ごじゅうだい 五十代	

～ばい［～倍］名 ～倍

ねだんは　にばいに　なりました。

價錢變成二倍了。

重點整理

いちばい 一倍	にばい 二倍	さんばい 三倍
よんばい 四倍	ごばい 五倍	ろくばい 六倍
ななばい 七倍	はちばい 八倍	きゅうばい 九倍
じゅうばい 十倍		

いちど［一度］③名 一次

もう　いちど　せつめいして　ください。

請再說明一次。

隨堂測驗

選出正確答案

（　）① ＿＿＿は　じゅっさいから　じゅうきゅうさいまでの　ひとの　ことです。

1. じゅうたい　　2. じゅうだい
3. じゅうさい　　4. じゅうにん

單字

依照分類，精選最容易在考題中出現的單字，發音＋漢字＋重音＋詞性＋實用例句，輕鬆累積單字量。

重點整理表

細心列出單位、時間等新日檢必考之「重點整理表」，不管變化再繁複，必能獲得高分。

隨堂測驗＋模擬試題與完全解析

不僅每一小單元之後都有小練習，還附上3回擬真「模擬試題＋完全解析」，不管是在記憶單字後或是新日檢考試前，都能測驗自己的實力！

隨堂測驗

學完一小主題，立即能測驗學習成效，測驗完再翻回前面單字複習，多看多練習，單字拿高分不再是夢想。

新日檢N4單字帶著背！ 18

かっこう［格好］0 名 樣子
はでな　かっこうは　きらいです。
討厭華麗的打扮。

とおり［通り］1 名 照～樣子
つぎの　とおりに　かいて　ください。
請照下面的樣子寫。

まま 2 名 一如原樣
くつの　まま　あがって　ください。
請穿著鞋子上來吧。

つもり 0 名 意圖、打算
さいしょから　かうつもりでした。
一開始就打算買。

つごう［都合］0 名 情況、方便
そのひは　つごうが　わるいです。
那一天不方便。

ようじ［用事］0 名 （待辦）事情
ようじが　あるので、ちょっと　まって　くれませんか。
因為有事，所以可以請您稍待嗎？

90

隨堂測驗

（1）選出正確答案

（ ）① ______訳
1. わく　2. わけ
3. かく　4. わか

（ ）② ______都合
1. つうこう　2. づこう
3. つごう　4. つうごう

（ ）③ ______こと
1. 革　2. 事
3. 車　4. 実

（2）填入正確單字

（ ）① A：こんどの　にちようび　えいがを　みませんか。
B：えっ、にちようびですか。ちょっと ______が　わるいので、どようびに　しませんか。
1. げんいん　2. かっこう
3. ようじ　4. つごう

（ ）② おおあめの ______、しあいは　ちゅうしに　なりました。
1. ため　2. きかい
3. かっこう　4. おわり

91

名詞 形容詞 副詞 動詞 接續詞 招呼語 其他 模擬試題

新日檢N4單字帶著背！

（八）模擬試題＋完全解析
❶模擬試題第一回

もんだい1

＿＿の　ことばは　どう　よみますか。1・2・3・4から　いちばん　いい　ものを　ひとつ　えらんで　ください。

（　）①雨の　場合、しあいは　ちゅうしです。
1. じょうごう　2. ばあい
3. ばごう　4. ばしょ

（　）②じしょは　いま　手元に　ない。
1. でもと　2. でもど
3. てもと　4. てもど

（　）③さいふを　引き出しに　いれます。
1. ひきだし　2. ひきでし
3. ひきたし　4. ひきてし

（　）④看護師さんは　とても　やさしいです。
1. かんごふ　2. かんふし
3. かんごうし　4. かんごし

（　）⑤しゃいんを　かいぎしつに　集めます。
1. あつめます　2. とどめます
3. きめます　4. とめます

（　）⑥しけんの　ため、一生懸命　べんきょうします。
1. いっしょけんめい　2. いっしょ
3. いっしょうけんめい　4. いっしょ

214

模擬試題

完全模擬新日檢出題方向，考題精準，培養應考戰力。

新日檢N4單字帶著背！

模擬試題第一回　中譯及解析

もんだい1

＿＿の　ことばは　どう　よみますか。1・2・3・4から　いちばん　いい　ものを　ひとつ　えらんで　ください。

（　）①雨の　場合、しあいは　ちゅうしです。
1. じょうごう　2. ばあい
3. ばごう　4. ばしょ

中譯　下雨的時候，比賽終止。

解析　「場合」（場合）在此處可以翻譯成「～時候」。而選項4「場所」則是「場地」的意思，其餘選項皆為不存在的語彙。

（　）②じしょは　いま　手元に　ない。
1. でもと　2. でもど
3. てもと　4. てもど

中譯　字典現在不在手邊。

解析　「手元」是名詞，「手頭、手邊」的意思。其餘選項為不存在的字。

（　）③さいふを　引き出しに　いれます。
1. ひきだし　2. ひきでし
3. ひきたし　4. ひきてし

中譯　把錢包放進抽屜。

解析　「引き出し」是名詞，「抽屜」的意思。其餘選項為不存在的字。

222

日文原文與中文翻譯

做完考題後立即對照，掌握自我實力。

完全解析

老師詳細解說模擬試題，了解作答盲點所在。

如何掃描 QR Code 下載音檔

1. 以手機內建的相機或是掃描 QR Code 的 App 掃描封面的 QR Code。
2. 點選「雲端硬碟」的連結之後，進入音檔清單畫面，接著點選畫面右上角的「三個點」。
3. 點選「新增至「已加星號」專區」一欄，星星即會變成黃色或黑色，代表加入成功。
4. 開啟電腦，打開您的「雲端硬碟」網頁，點選左側欄位的「已加星號」。
5. 選擇該音檔資料夾，點滑鼠右鍵，選擇「下載」，即可將音檔存入電腦。

目次

八、模擬試題＋完全解析… 213

本書略語一覽表

名	名詞
副	副詞
副助	副助詞
自動	自動詞
他動	他動詞
イ形	イ形容詞（形容詞）
ナ形	ナ形容詞（形容動詞）
接續	接續詞
接頭	接頭語
接尾	接尾語
敬語	敬語
連語	連語詞組
補動	補助動詞

一

名詞

背單字就從名詞開始，就算題目再艱深、文字再多，只要名詞部分能大致看懂，就能夠猜出整段文字是在敘述哪方面的人事物。因此，名詞可以說是最基礎也最好掌握的得分關鍵！請好好背熟，就能輕鬆掌握一半以上的得分！

(一) 人

❶稱呼

ぼく [僕] 1 名 我（男生自稱）

ぼくは　にほんじんです。

我是日本人。

きみ [君] 0 名 你（男人對平輩或晚輩的稱呼）

きみは　だれですか。

你是誰呢？

かれ [彼] 1 名 他、男朋友

かれは　かいしゃいんです。

他是上班族。

かのじょ [彼女] 1 名 她、女朋友

かのじょは　だいがくせいです。

她是大學生。

かれら [彼ら] 1 名 他們

かれらは　アメリカじんです。

他們是美國人。

みな [皆] 2 名 大家

みなさん　しずかに　して　ください。

請大家安靜。

だんせい [男性] 0 名 男性

やさしい　だんせいが　すきです。

喜歡溫柔的男性。

じょせい [女性] 0 名 女性

ははは　りっぱな　じょせいです。

母親是位了不起的女性。

あかちゃん [赤ちゃん] 1 名 嬰兒

びょういんで　あかちゃんが　うまれました。

嬰兒在醫院誕生了。

隨堂測驗

(1) 選出正確讀音

(　) ① ________彼女

1. かれじょう　　2. かのじょ
3. かのじょう　　4. かれじょ

(　) ② ________君

1. きみ　　2. ぼく
3. おれ　　4. おい

(　) ③ ________赤ちゃん

1. あかちゃん　　2. せきちゃん
3. しんちゃん　　4. くろちゃん

（2）填入正確單字

（　）① ゆうべ　きむらさんの　うちに　＿＿＿が
うまれました。
1. おっと　　2. かない
3. ごしゅじん　　4. あかちゃん

（　）② このトイレは　＿＿＿せんようで、
おとこは　うえの　かいに　なります。
1. だんせい　　2. じょせい
3. おっと　　4. かない

（　）③ A：あのせが　たかくて、かみが
ながい　こは　だれですか。
B：あのひとは　＿＿＿の
かのじょです。
1. きみ　　2. ぼく
3. かれら　　4. みな

解答

（1）① 2　② 1　③ 1
（2）① 4　② 2　③ 2

（一）人
❷ 人際關係

おや［親］② 名　父母

おやに　はなしたほうが　いいです。

跟父母說比較好。

そふ［祖父］① 名　（自己的）祖父、外公

わたしの　そふは　ななじゅうごさいです。

我的祖父是七十五歲。

そぼ［祖母］① 名　（自己的）祖母、外婆

そぼは　にほんごが　はなせます。

祖母會說日語。

ごしゅじん［御主人］② 名　尊夫（尊稱他人的先生）

ごしゅじんは　えいごの　せんせいですか。

您的先生是英文老師嗎？

おっと［夫］⓪ 名　丈夫、外子（謙稱自己的先生）

おっとは　かいがいに　います。

外子在國外。

おくさん [奥さん] 1 名 尊夫人

おくさんは　りょうりが　じょうずです。

尊夫人擅於廚藝。

かない [家内] 1 名 內人（謙稱自己的妻子）

かないは　かいものに　でかけました。

內人外出買東西了。

つま [妻] 1 名 妻子

つまは　わたしより　さんさいしたです。

妻子比我小三歲。

おこさん [お子さん] 0 名 令郎、令嬡

おこさんは　なんにんですか。

您有幾位小孩？

むすこ [息子] 0 名 兒子

むすこは　アメリカに　います。

我兒子在美國。

おじょうさん [お嬢さん]
2 名 令嬡、千金小姐

おじょうさんは　おんがくが　すきですか。

令嬡喜歡音樂嗎？

むすめ [娘] 3 名 女兒

むすめが　ふたり　います。

我有二個女兒。

せんぱい [先輩] 0 名 前輩、學長、學姊

せんぱいと　でかけます。

和前輩外出。

こ [子] 0 名 小孩

うちの　こは　とても　げんきです。

我家的小孩非常有朝氣。

パパ 1 名 爸爸（小孩用語）

パパは　ぎんこうに　つとめて　います。

爸爸在銀行上班。

ママ 1 名 媽媽（小孩用語）

ママは　とても　やさしいです。

媽媽很溫柔。

隨堂測驗

（1）選出正確讀音

（　）① ＿＿＿＿親

1. ちん　　2. いや
3. おや　　4. じん

（　）② ＿＿＿＿妻

1. うま　　2. つま
3. づま　　4. いま

(　) ③ ＿＿＿＿娘

1. むすこ　　2. むすび
3. むすめ　　4. むずめ

(2) 填入正確單字

(　) ① いちねんせいは　＿＿＿＿に　おしえて もらいます。

1. おっと　　2. かない
3. ごしゅじん　　4. せんぱい

(　) ② ははの　ははは　＿＿＿＿です。

1. おばさん　　2. そぼ
3. おじいさん　　4. そふ

(　) ③ たなかさんの　＿＿＿＿は　りょうりが じょうずです。

1. かない　　2. おんな
3. おくさん　　4. じょせい

解答

(1) ① 3　② 2　③ 3
(2) ① 4　② 2　③ 3

（一）人

❸器官

かみ [髪] ②名 頭髮

かみを　そめました。

染了頭髮。

け [毛] ⓪名 毛、毛髮

ブラシの　けは　やわらかいです。

刷子的毛是柔軟的。

ひげ [鬚] ⓪名 鬍鬚

やぎの　ひげは　しろいです。

山羊的鬍鬚是白色的。

くび [首] ⓪名 脖子

きりんの　くびは　ながいです。

長頸鹿的脖子很長。

のど [喉] ①名 喉嚨

のどが　いたいです。

喉嚨痛。

こころ [心] 3 2 名 心、心胸

ふたりの　こころは　かよいあって　います。

二個人的心靈相通。

かのじょの　こころは　ひろいです。

她的心胸寬大。

せなか [背中] 0 名 背部、背後

おとうさんの　せなかは　おおきいです。

父親的背很寬。

うで [腕] 2 名 手腕、胳臂、本事

あにの　うでは　ふといです。

哥哥的胳臂很粗。

かれは　うでの　あるひとです。

他是個有本事的人。

ゆび [指] 2 名 手指

ひとの　ゆびは　じゅっぽん　あります。

人有十根手指。

つめ [爪] 0 名 指甲

つめを　きります。

剪指甲。

ち [血] 0 名 血

きずぐちから　ちが　でました。

傷口出血了。

ちから [力] ③ 名 力氣

おとこの　ひとは　ちからが　つよいです。

男人力氣大。

きぶん [気分] ① 名 心情、身體舒適與否

きょうの　きぶんは　いかがですか。

您今天的心情如何？

きもち [気持ち] ⓪ 名 情緒、心理舒適與否

あなたの　きもちは　よく　わかります。

我很了解你的心情。

隨堂測驗

（1）選出正確答案

（　）① ________心

1. こごろ　　2. こころ
3. ころろ　　4. ごころ

（　）② ________つめ

1. 瓜　　2. 反
3. 川　　4. 爪

（　）③ ________力

1. ちから　　2. じから
3. ちがら　　4. ちいから

（2）填入正確單字

（　）① てんきが　いいと　＿＿＿＿が　いいです。
1. きもち　　2. うで
3. ひけ　　4. あたま

（　）② ひとの　ては　＿＿＿＿が　じゅっぽん
ありま す。
1. あし　　2. ゆび
3. け　　4. め

（　）③ ＿＿＿＿が　かわいたので、のみものを
ください。
1. せなか　　2. かみ
3. みみ　　4. のど

解答

（1）① 2　② 4　③ 1
（2）① 1　② 2　③ 4

（一）人

❹身分

うんてんしゅ［運転手］③名　駕駛員

ちちは　バスの　うんてんしゅです。

父親是公車的駕駛員。

はいしゃ［歯医者］①名　牙醫

はいしゃに　なりたいです。

想要成為牙醫。

かんごし［看護師］③名　護理師

かんごしさんは　やさしいです。

護理師很溫柔。

こうこうせい［高校生］④③名　高中生

むすこは　らいねん　こうこうせいに　なります。

兒子明年是高中生。

だいがくせい［大学生］④③名　大學生

ほとんどの　だいがくせいは　アルバイトを　しています。

大部分的大學生都打著工。

こうちょう [校長] 0 名 校長

おじは　このがっこうの　こうちょうです。

伯父是這所學校的校長。

しゃちょう [社長] 0 名 社長、總經理

しゃちょうに　ごほうこくします。

向社長報告。

ぶちょう [部長] 0 名 部長

ぶちょうは　でんわちゅうです。

部長電話中。

かちょう [課長] 0 名 課長

かちょうは　かいぎしつに　います。

課長人在會議室。

こうむいん [公務員] 3 名 公務員

こうむいんの　しけんは　むずかしいです。

公務員的考試很難。

てんいん [店員] 0 名 店員

てんいんの　しごとは　ひまです。

店員的工作很閒。

きゃく [客] 0 名 客人

きゃくが　くるまえに　そうじします。

客人來之前打掃。

おかねもち / かねもち [お金持ち / 金持ち] 0 3 / 3 名 有錢人

おかねもちに　なりたいです。

想要成為有錢人。

しみん [市民] 1 名 市民

わたしは　タイペイしみんです。

我是台北市民。

けいさつ [警察] 0 名 警察

けいさつは　わるい　ひとを　つかまえます。

警察逮捕壞人。

すり 1 名 扒手

すりに　ちゅういして　ください。

請注意扒手。

どろぼう [泥棒] 0 名 小偷

きのう　どろぼうに　はいられました。

昨天遭小偷了。

アナウンサー 3 名 播報員

アナウンサーの　しごとは　たいへんです。

播報員的工作很辛苦。

隨堂測驗

(1) 選出正確讀音

( ) ① ________客

1. きゃく　　2. ぎゃく
3. きやく　　4. きょく

( ) ② ________歯医者

1. けいしゃ　　2. ばいしゃ
3. めいしゃ　　4. はいしゃ

( ) ③ ________校長

1. こうちょう　　2. こうじょう
3. こうちょ　　4. こうじょ

(2) 填入正確單字

( ) ① ニュースを　つたえるひとは ________です。

1. アナウンサー　　2. かんごふ
3. りゅうがくせい　　4. せんせい

( ) ② あぶない　とき ________を　よんで ください。

1. こうむいん　　2. けいさつ
3. だいがくせい　　4. どろぼう

( ) ③ タクシーに　のってから、________に みちを　おしえます。

1. おきゃくさん　　2. てんいんさん
3. うんてんしゅさん　　4. はいしゃさん

解答

(1) ① 1　② 4　③ 1

(2) ① 1　② 2　③ 3

（二）食

ごちそう［ご馳走］⓪ 名　佳餚

パーティーで　ごちそうを　たくさん

いただきました。

在宴會裡享用了許多佳餚。

あじ［味］⓪ 名　味道

あじが　ちょっと　こいです。

味道有點濃。

しょくりょうひん［食料品］⓪ 名　食品

スーパーで　しょくりょうひんを　かいます。

在超市買食品。

こめ［米］② 名　米

にほんの　こめは　おいしいです。

日本的米很好吃。

みそ［味噌］① 名　味噌

そぼは　じぶんで　みそを　つくります。

祖母自己做味噌。

ぶどう［葡萄］⓪ 名　葡萄

ぶどうは　からだに　いいです。

葡萄對身體有益。

サラダ 1 名 沙拉

けさは　サラダしか　たべませんでした。

今天早上只吃了沙拉。

ステーキ 2 名 牛排

ステーキを　たべに　いきましょう。

去吃牛排吧！

ハンバーグ 3 名 漢堡排

こどもは　ハンバーグが　だいすきです。

小孩子最喜歡漢堡排。

サンドイッチ 4 名 三明治

まいあさ　サンドイッチを　たべます。

每天早上吃三明治。

ジャム 1 名 果醬

くだもので　ジャムを　つくります。

用水果做果醬。

ケーキ 1 名 蛋糕

このみせの　ケーキは　おいしいです。

這間店的蛋糕很好吃。

アルコール 0 名 酒精、含酒精飲料

アルコールは　からだに　わるいです。

酒精對身體不好。

隨堂測驗

（1）選出正確答案

（　）① ________味

1. さじ　2. あじ
3. いじ　4. かじ

（　）② ________米

1. こめ　2. ごめ
3. ごみ　4. こい

（　）③ ________ぶどう

1. 葡どう　2. 蔔どう
3. 薗どう　4. 菖どう

（2）填入正確單字

（　）① けさは　________を　たべました。

1. アルコール　2. ジュース
3. コーラ　4. サンドイッチ

（　）② ________の　なかに　やさいが　たくさん はいって　います。

1. サラダ　2. ステーキ
3. ごはん　4. アルコール

（　）③ たいふうが　くるまえに、________を かって　おいたほうが　いいです。

1. ようふく　2. しょくりょうひん
3. くるま　4. つくえ

解答

(1) ① 2　② 1　③ 1

(2) ① 4　② 1　③ 2

（三）衣

いと［糸］①名 線

はりと　いとで　スカートを　ぬいます。

用針和線縫裙子。

きぬ［絹］①名 絲綢

このふくは　きぬで　つくられて　います。

這件衣服是用絲綢做的。

きもの［着物］⓪名 和服

けっこんしきの　ときに　きものを　きました。

結婚典禮的時候穿了和服。

したぎ［下着］⓪名 內衣

したぎは　じぶんで　あらいます。

自己洗內衣。

てぶくろ［手袋］②名 手套

さむいので　てぶくろを　します。

因為很冷，所以戴手套。

ふとん［布団］⓪名 棉被

いい　てんきですから、ふとんを　ほしましょう。

因為天氣好，曬棉被吧！

ゆびわ [指輪] 0 名 戒指

たんじょうびに　ゆびわを　もらいました。

生日時收到了戒指。

オーバー 1 名 外套

しろい　オーバーを　かいたいです。

想買白色的外套。

スーツ 1 名 套裝

しごとの　とき、スーツを　きます。

工作的時候穿套裝。

サンダル 0 名 涼鞋

おんなのこは　いろいろな　サンダルを　もって　います。

女孩子有各式各樣的涼鞋。

隨堂測驗

(1) 選出正確讀音

(　) ① ＿＿＿＿絹

1. きめ　　2. いぬ
3. けん　　4. きぬ

(　) ② ＿＿＿＿手袋

1. てぶくろ　　2. てふろ
3. てふくろ　　4. てっふら

(　) ③ ＿＿＿着物

1. きぷつ　　2. ぎもの

3. きもの　　4. きぶつ

(2) 填入正確單字

(　) ① あたらしい　＿＿＿を　はきます。

1. したぎ　　2. いと

3. きぬ　　4. ボタン

(　) ② ＿＿＿を　はいて　レストランに
はいらないで　ください。

1. オーバー　　2. スーツ

3. サンダル　　4. てぶくろ

(　) ③ やぶれましたから、＿＿＿で　ぬいます。

1. せん　　2. いと

3. くさ　　4. わ

解答

(1) ① 4　② 1　③ 3

(2) ① 1　② 3　③ 2

（四）住

❶ 建築物

おたく［お宅］ 0 名　府上

おたくは　なんがいですか。

您府上是在幾樓呢？

じゅうしょ［住所］ 1 名　住址

じゅうしょを　かいて　ください。

請寫下住址。

おくじょう［屋上］ 0 名　屋頂

おくじょうに　はなが　いっぱい　あります。

屋頂有許多花。

かべ［壁］ 0 名　牆壁

かべに　えを　かけます。

在牆上掛畫。

おしいれ［押入れ］ 0 名　日式壁櫥

おしいれに　ふとんが　あります。

壁櫥裡有棉被。

ひきだし［引き出し］ 0 名　抽屜

さいふを　ひきだしに　いれます。

將錢包放進抽屜。

たたみ [畳] 0 名 榻榻米

たたみは いい においが します。

榻榻米好香。

れいぼう [冷房] 0 名 冷氣

れいぼうが ほしいです。

想要冷氣。

だんぼう [暖房] 0 名 暖氣

さむいので だんぼうを つけましょう。

因為很冷，開暖氣吧！

カーテン 1 名 窗簾

カーテンを あけて ください。

請打開窗簾。

隨堂測驗

（1）選出正確答案

（　）① ________おたく

1. お家　　2. お宅
3. お室　　4. お字

（　）② ________壁

1. かべ　　2. へい
3. あべ　　4. べい

（　）③ ________畳

1. ただみ　　2. だたみ
3. たたみ　　4. だだみ

（2）填入正確單字

（　）① ________を　おしえて　ください。

1. たたみ　　2. おくじょう
3. じゅうしょ　　4. かべ

（　）② ふとんを　________に　いれて　ください。

1. おしいれ　　2. おふろ
3. トイレ　　4. だいどころ

（　）③ あついですから、________を　つけましょう。

1. かべ　　2. れいぼう
3. だんぼう　　4. カーテン

解答

（1） ① 2　② 1　③ 3
（2） ① 3　② 1　③ 2

（四）住
❷ 機關行號

ばしょ［場所］ 0 名 場所

としょかんは　べんきょうするばしょです。

圖書館是唸書的場所。

かいじょう［会場］ 0 名 會場

めんせつの　かいじょうは　どちらでしょうか。

請問面試的會場在哪裡呢？

てんらんかい［展覧会］ 3 名 展覽會

いっしょに　てんらんかいへ　いきましょう。

一起去展覽會吧！

うけつけ［受付］ 0 名 櫃檯

うけつけで　あんないしょを　もらいます。

在櫃檯拿導覽書。

じむしょ［事務所］ 2 名 事務所

じむしょに　でんわが　あります。

事務所裡有電話。

かいぎしつ［会議室］ 3 名 會議室

かいぎしつは　みぎがわです。

會議室是在右邊。

うりば [売り場] 0 名 賣場

ワインうりばは　どこですか。

葡萄酒賣場在哪裡呢？

りょかん [旅館] 0 名 旅館

こんばん　りょかんに　とまります。

今晚住旅館。

くうこう [空港] 0 名 機場

くうこうまで　むかえに　いきましょう。

到機場迎接吧！

ひこうじょう [飛行場] 0 名 飛機場、機場

ひこうじょうで　はたらいて　います。

在機場工作。

こうじょう [工場] 3 名 工廠

これを　こうじょうに　おくって　ください。

請將這個送到工廠。

しんぶんしゃ [新聞社] 3 名 報社

しんぶんしゃの　でんわばんごうは
なんばんですか。

報社的電話是幾號呢？

ちゅうしゃじょう [駐車場] 0 名 停車場

デパートの　ちゅうしゃじょうは　ひろいです。

百貨公司的停車場很寬廣。

きょうかい [教会] ⓪ 名 教會

にちようび　きょうかいで　あいましょう。

星期日在教會見面吧。

おてら [お寺] ⓪ 名 寺廟

にほんには　りっぱな　おてらが　たくさん　あります。

在日本有很多雄偉的寺廟。

じんじゃ [神社] ① 名 神社

じんじゃの　まえに　とりいが　あります。

神社的前面有鳥居。

どうぶつえん [動物園] ④ 名 動物園

どうぶつえんに　たくさんの　どうぶつが　います。

動物園裡有很多的動物。

とこや [床屋] ⓪ 名 理髮店

つきに　いっかい　とこやへ　いきます。

每個月去一次理髮店。

びじゅつかん [美術館] ③ 名 美術館

びじゅつかんは　げつようび　やすみです。

美術館星期一休息。

レジ 1 名 收銀處

レジで　しはらって　ください。

請在收銀處付款。

スーパー 1 名 超市

スーパーで　ぎゅうにゅうを　かいました。

在超市買了牛奶。

ガソリンスタンド 6 名 加油站

ちかくに　ガソリンスタンドが　ありますか。

附近有加油站嗎？

隨堂測驗

(1) 選出正確讀音

(　) ① ______場所

1. ばしょ　　2. はしょ
3. ばしょう　　4. はしょう

(　) ② ______受付

1. じゅうふう　　2. うけつけ
3. うけづけ　　4. じゅつけ

(　) ③ ______空港

1. そらこう　　2. くこう
3. くうこう　　4. くうごう

（2）填入正確單字

（　）① おとこのこは　______で　かみを
きります。
1. ぎんこう　　　　2. やおや
3. じんじゃ　　　　4. とこや

（　）② ははは　よく　______で
しょくりょうひんを　かいます。
1. おてら　　　　2. じんじゃ
3. スーパー　　　　4. びょういん

（　）③ A：すみません、ワイン______は
どこですか。
B：ちかにかいで　ございます。
1. きょうかい　　　　2. りょかん
3. うりば　　　　4. ばしょ

解答

（1） ① 1　② 2　③ 3
（2） ① 4　② 3　③ 3

（四）住

❸ 公共場所

と [都] 1 名　都（日本行政區單位）

じゅうしょは　とうきょうとしぶやくです。

地址是東京都澀谷區。

けん [県] 1 名　縣（日本行政區單位）

とうきょうディズニーランドは　ちばけんに
あります。

東京迪士尼樂園在千葉縣。

みなと [港] 0 名　港口

みなとに　おおきな　ふねが　とまって　います。

港口停著大船。

し [市] 1 名　市（日本行政區單位）

こうべしは　ゆうめいな　みなとです。

神戶市是有名的港口。

いなか [田舎] 0 名　鄉下、故鄉

いなかの　せいかつは　しずかです。

鄉下的生活很安靜。

さか [坂] 2 名　斜坡

さかを　のぼります。

爬坡。

きんじょ [近所] ①名 附近、近鄰

きんじょの　ひとに　めいわくを　かけます。

給鄰居添麻煩。

こうがい [郊外] ①名 郊外

やすみの　とき、こうがいへ　いきましょう。

休息的時候，去郊外吧！

とおり [通り] ③名 大街、馬路

とおりで　じこが　ありました。

馬路上有車禍。

すみ [隅] ①名 角落

へやの　すみに　ごみが　あります。

房間的角落有垃圾。

せかい [世界] ①名 世界

ちゅうごくの　じんこうは　せかいで　いちばん　おおいです。

中國的人口是世界上最多的。

アジア ①名 亞洲

たいわんは　アジアの　くにの　ひとつです。

台灣是亞洲的國家之一。

アメリカ 0 名 美國

アメリカまで　ひこうきで　じゅうじかん　いじょう　かかります。

搭飛機到美國，需要十個小時以上。

アフリカ 0 名 非洲

いつか　アフリカに　いって　みたいです。

有朝一日想去非洲看看。

隨堂測驗

(1) 選出正確答案

(　) ① ＿＿＿＿みなと

1.都　2.港

3.満　4.滝

(　) ② ＿＿＿＿通り

1. いかり　2. とおり

3. さらり　4. ゆくり

(　) ③ ＿＿＿＿世界

1. せいかい　2. せっかい

3. せがい　4. せかい

(2) 填入正確單字

(　) ① たいわんは　＿＿＿＿の　くにです。

1. アジア　2. アメリカ

3. アフリカ　4. イギリス

（　）② そふと　そぼは　＿＿＿＿に　すんでいます。
1. いなか　　2. と
3. けん　　4. ところ

（　）③ ふねが　＿＿＿＿に　つきました。
1. こうじょう　　2. はし
3. みなと　　4. みち

解答

(1) ① 2　② 2　③ 4
(2) ① 1　② 1　③ 3

（五）行

❶交通

こうつう [交通] 0 名　交通

いなかは　こうつうが　ふべんです。

鄉下的交通不方便。

のりもの [乗り物] 0 名　交通工具

どんな　のりものが　いちばん　すきですか。

最喜歡什麼樣的交通工具呢？

きしゃ [汽車] 2 名　火車

つぎの　きしゃに　のりましょう。

搭下一班火車吧！

ふね [船] 1 名　船

ふねで　おきなわへ　あそびに　いきます。

搭船去沖繩玩。

ふつう [普通] 0 名　普通

わたしは　ふつうの　かていに　そだちました。

我在普通的家庭成長。

きゅうこう [急行] 0 名　快車

きゅうこうなら　さんじゅっぷんで　つきます。

快車的話，三十分鐘就到。

とっきゅう [特急] 0 名 特快車

とっきゅうは　このえきに　とまりません。

特快車不停這個車站。

エスカレーター 4 名 電扶梯

エスカレーターで　ごかいに　いきます。

搭電扶梯到五樓去。

オートバイ 3 名 摩托車

たいわんでは　オートバイに　のるひとが
おおいです。

在台灣騎摩托車的人很多。

隨堂測驗

(1) 選出正確讀音

(　) ① ＿＿＿＿交通

1. こうつ　　2. こつう
3. こうつう　　4. こうづう

(　) ② ＿＿＿＿船

1. かね　　2. ふね
3. ふく　　4. あね

(　) ③ ＿＿＿＿急行

1. きゅこう　　2. きゅうこ
3. きゅうご　　4. きゅうこう

(2) 填入正確單字

( ) ① おくじょうまでは　かいだんより
_______の　ほうが　はやいです。
1. タクシー　　2. バス
3. オートバイ　　4. エスカレーター

( ) ② こんかいの　りょこうは　どんな
_______を　つかいますか。
1. バスてい　　2. のりもの
3. エスカレーター　　4. えき

( ) ③ _______なので、このえきは　とまりません。
1. とっきゅう　　2. ふつう
3. かくえき　　4. していせき

解答

(1) ① 3　② 2　③ 4

(2) ① 4　② 2　③ 1

（五）行

❷方向

おもて［表］ ③ 名 正面

おもてに　なにか　はって　あります。

正面有貼著某様東西。

うら［裏］ ② 名 背面

うらに　なまえを　かいて　ください。

請在背面寫名字。

まんなか［真ん中］ ⓪ 名 正中間

つくえの　まんなかに　かびんが　おいて　あります。

在桌子的正中間放著花瓶。

てまえ［手前］ ⓪ 名 跟前、前面

スーパーの　てまえに　ほんやが　あります。

超市的前面有書店。

てもと［手元］ ③ 名 手頭、手邊

じしょは　いま　てもとに　ありません。

字典現在不在手邊。

まわり［周り］ ⓪ 名 周遭、附近

がっこうの　まわりで　しょくじを　しました。

在學校的附近用餐了。

かえり [帰り] 3 名 歸途、回去

かいしゃの　かえりに　ラーメンを　たべました。
下班的歸途吃了拉麵。

とちゅう [途中] 0 名 途中

とちゅうで　あめが　ふって　きました。
在途中下起雨來了。

隨堂測驗

（1）選出正確讀音

（　）① ＿＿＿＿表
1. ひょ　2. おもて
3. びょう　4. おもで

（　）② ＿＿＿＿裏
1. ほら　2. なら
3. うら　4. あら

（　）③ ＿＿＿＿手元
1. てげん　2. てもど
3. てけん　4. てもと

（2）填入正確單字

（　）① こうえんの　＿＿＿＿に　いけが　あります。
1. まんなか　2. うえ
3. へん　4. あと

(　) ② がっこうへ　いく＿＿＿＿で、
サンドイッチを　かいます。

1. した　　　2. なか
3. うこう　　4. とちゅう

(　) ③ かいしゃは　ぎんこうの
＿＿＿＿です。

1. てもと　　2. てまえ
3. かど　　　4. みち

解答

(1) ① 2　② 3　③ 4
(2) ① 1　② 4　③ 2

（六）娛樂

❶ 休閒

あそび [遊び] 0 名 遊玩

にちようび　うみへ　あそびに　いきました。

星期日去海邊玩了。

しゅみ [趣味] 1 名 嗜好、興趣

しゅみは　えを　かくことです。

興趣是畫畫。

きょうみ [興味] 1 名 興趣

にほんの　ぶんかに　きょうみが　あります。

對日本的文化有興趣。

おもちゃ [玩具] 2 名 玩具

こどもに　おもちゃを　おくります。

送玩具給小孩。

にんぎょう [人形] 0 名 玩偶

フランスの　にんぎょうは　とても　はなやかです。

法國的玩偶非常華麗。

おまつり [お祭り] 0 名 祭典

きんじょで　おまつりが　あります。

附近有祭典。

はなみ［花見］ ③ 名 賞花

にほんへ　はなみに　いきませんか。

要不要去日本賞花呢？

おどり［踊り］ ⓪ 名 舞蹈

まつりの　おどりと　おんがくは　とても　おもしろいです。

祭典的舞蹈和音樂很有趣。

すいえい［水泳］ ⓪ 名 游泳

すいえいの　れんしゅうは　ごごからです。

游泳的練習從下午開始。

じゅうどう［柔道］ ① 名 柔道

ちいさい　ころから　じゅうどうを　ならって　います。

從小時候開始學柔道。

テニス ① 名 網球

スポーツの　なかで、テニスが　いちばん　とくいです。

運動之中，網球是最擅長的。

ピアノ ⓪ 名 鋼琴

あねは　ピアノの　せんせいです。

姊姊是鋼琴老師。

ステレオ 0 名 音響

ステレオが　こわれました。

音響壞掉了。

隨堂測驗

(1) 選出正確讀音

(　) ① ＿＿＿＿お祭り

1. おさいり　　2. おかえり
3. おみどり　　4. おまつり

(　) ② ＿＿＿＿水泳

1. みずえい　　2. すいえい
3. すえい　　4. みずえ

(　) ③ ＿＿＿＿趣味

1. しゅうみ　　2. きょみ
3. きょうみ　　4. しゅみ

(2) 填入正確單字

(　) ① ひまな　とき、＿＿＿＿を　ひいたり、おんがくを　きいたりします。

1. ピアノ　　2. サッカー
3. テニス　　4. ほん

(　) ② きょうとの　＿＿＿＿は　とても ゆうめいです。

1. すいえい　　2. おまつり
3. きょうみ　　4. しゅみ

(　) ③ A：＿＿＿＿は　なんですか。
B：おんがくを　きくことです。
1. きょうみ　　2. なまえ
3. しゅみ　　4. じゅうしょ

解答

(1) ① 4　② 2　③ 4
(2) ① 1　② 2　③ 3

（六）娛樂
❷大眾媒體

ほうそう [放送] ⓪ 名 播放、廣播

まいばん　ラジオの　ほうそうを　きいて　います。

每天晚上聽著收音機的廣播。

ばんぐみ [番組] ⓪ 名 節目

このばんぐみは　とても　おもしろいです。

這節目非常有趣。

まんが [漫画] ⓪ 名 漫畫

がくせいたちは　よく　まんがを　よみます。

學生們常看漫畫。

コンサート ① 名 演唱會、演奏會

きのう　ともだちと　コンサートに　いきました。

昨天和朋友去了演唱會。

スクリーン ③ 名 銀幕

えいがかんの　スクリーンは　おおきいです。

電影院的銀幕很大。

隨堂測驗

填入正確單字

（　）① えきの　＿＿＿＿を　よく　きいて
ください。
1. ほうそう　　2. しんぶん
3. えいが　　4. テレビ

（　）② あのかしゅの　＿＿＿＿に　いっしょに
いきませんか。
1. スクリーン　　2. コンサート
3. パソコン　　4. まんが

（　）③ A：どんな　＿＿＿＿が　すきですか。
B：おもしろいのが　すきです。
1. ばんそう　　2. ばんせん
3. ばんごう　　4. ばんぐみ

解答

① 1　② 2　③ 4

（七）環境

❶自然現象

きせつ［季節］ ①名 季節

さくらの　きせつに　なりました。

到了櫻花的季節。

けしき［景色］ ①名 景色

きせつが　かわると　けしきも　かわります。

季節一轉換，景色也跟著改變。

くうき［空気］ ①名 空氣

いなかの　くうきは　とても　しんせんです。

鄉下的空氣很新鮮。

くも［雲］ ①名 雲

くもの　かたちは　いろいろ　あります。

雲的形狀有各式各樣。

ひ［火］ ①名 火

ひを　つけます。

點火。

ひかり［光］ ③名 光、光線

たいようの　ひかりが　まぶしいです。

太陽的光很刺眼。

つき [月] ②名 月亮

きょうは　つきが　でて　いません。

今天月亮沒有出來。

ほし [星] ⓪名 星星

そらに　ほしが　いっぱい　あります。

天空中佈滿星星。

じしん [地震] ⓪名 地震

ことしは　じしんが　さんかい　ありました。

今年有三次地震。

たいふう [台風] ③名 颱風

なつには　たいふうが　たくさん　きます。

夏天有很多颱風來。

かいがん [海岸] ⓪名 海岸

このかいがんは　とても　ながいです。

這個海岸很長。

みずうみ [湖] ③名 湖

びわこは　にほんで　いちばん　おおきい
みずうみです。

琵琶湖是日本第一大湖。

しま [島] ② 名 島嶼

そのしまには　だれも　すんで　いません。

那座島嶼沒有住半個人。

隨堂測驗

(1) 選出正確讀音

(　) ① ＿＿＿＿湖

1. みずうみ　　2. ご
3. こう　　4. みすうみ

(　) ② ＿＿＿＿月

1. つき　　2. けつ
3. かつ　　4. づき

(　) ③ ＿＿＿＿島

1. じま　　2. しま
3. いま　　4. くま

(2) 填入正確單字

(　) ① ＿＿＿＿で、きが　たおれました。

1. ちり　　2. てんき
3. たいふう　　4. うみ

(　) ② ＿＿＿＿の　ときは、つくえの　したに
かくれます。

1. じしん　　2. かさい
3. つなみ　　4. かぜ

（　）③ ほしの ＿＿＿＿＿＿で、よぞらが
きれいです。
1. いろ　　2. せん
3. ひ　　4. ひかり

解答

（1）① 1　② 1　③ 2

（2）① 3　② 1　③ 4

（七）環境

❷動、植、礦物

ことり［小鳥］⓪名　小鳥

ことりが　きの　うえで　ないて　います。

小鳥在樹上叫著。

むし［虫］⓪名　蟲

むしは　はを　たべます。

蟲吃葉子。

いし［石］②名　石頭

このいすは　いしで　つくられて　います。

這張椅子是石頭做的。

すな［砂］②名　沙子

すなが　くつの　なかに　はいりました。

沙子跑進鞋子裡面了。

は［葉］①名　葉子

あきに　なると　はが　ちります。

一到秋天葉子就掉落。

えだ［枝］⓪名　樹枝

そろそろ　えだを　きりましょう。

差不多該來修剪樹枝吧！

くさ [草] ② 名 草

うしが　くさを　たべて　います。

牛正在吃草。

もめん [木綿] ⓪ 名 棉花

もめんの　いとで　ぬいます。

用棉線縫。

はやし [林] ⓪ 名 樹林

はやしを　とおると　まちが　みえます。

一穿過樹林，就可以看到城鎮。

もり [森] ⓪ 名 森林

もりには　どうぶつが　たくさん　すんで　います。

森林裡面住著許多動物。

隨堂測驗

(1) 選出正確讀音

(　) ① ________枝

1. えだ　　2. えた
3. はた　　4. かた

(　) ② ________葉

1. ま　　2. ひょ
3. よ　　4. は

(　) ③ ________石
1. はし　　2. あし
3. いし　　4. せし

(2) 填入正確單字

(　) ① ________に　くまが　います。
1. うみ　　2. もり
3. いし　　4. くさ

(　) ② うまは　おもに　________を　たべます。
1. さかな　　2. にく
3. はな　　4. くさ

(　) ③ めに　________が　はいりました。
1. ことり　　2. すな
3. さか　　4. はやし

解答

(1) ① 1　② 4　③ 3
(2) ① 2　② 4　③ 2

（八）日常生活

❶生活

ごぞんじ [ご存知] ②名　（您）知道（敬語）

このけんに　ついて　ごぞんじですか。

關於這件事情您知道嗎？

おかげ [お陰] ⓪名　托福

おかげで　びょうきは　もう　なおりました。

托您的福，病已經痊癒了。

おくりもの [贈り物] ⓪名　贈品

おくりものを　えらびます。

選贈品。

おみやげ [お土産] ⓪名　名產、伴手禮

にほんで　おみやげを　かいました。

在日本買了名產。

おいわい [お祝い] ⓪名　慶祝

そつぎょうの　おいわいを　しましょう。

祝賀畢業吧！

おみまい [お見舞い] ⓪名　慰問、探病

ともだちの　おみまいに　いきました。

去探望朋友了。

おれい [お礼] 0 名 答謝

りょうしんに　おれいを　いいます。

向雙親致謝。

ねだん [値段] 0 名 價錢

ねだんが　たかいので、かえません。

因為價錢高，所以買不起。

せん [線] 1 名 線

ノートに　せんを　ひきました。

在筆記上劃了線。

ねぼう [寝坊] 0 名 睡過頭、貪睡者

むすこは　ねぼうで　こまります。

兒子貪睡真傷腦筋。

しゅうかん [習慣] 0 名 習慣

わるい　しゅうかんは　なおしましょう。

改掉壞習慣吧！

うそ [嘘] 1 名 謊話

うそを　ついては　いけません。

不可以說謊。

かたち [形] 0 名 形狀

ケーキを　ほしの　かたちに　つくりました。

把蛋糕做成了星星的形狀。

るす［留守］①名 不在家

ちちは　いま　るすです。

父親現在不在家。

よやく［予約］⓪名 預約

レストランの　せきを　よやくしました。

預約了餐廳的位子。

よてい［予定］⓪名 預定

このあと　なにか　よていが　ありますか。

之後有什麼預定嗎？

におい［匂い］②名 香味、味道

へんな　においが　します。

有奇怪的味道。

おと［音］②名 聲音

とおくから　きゅうきゅうしゃの　おとが
きこえます。

從遠方可以聽到救護車的聲音。

ぐあい［具合］⓪名 身體狀況

ぐあいが　わるいので、かいしゃを　やすみました。

因為不太舒服，所以向公司請假了。

ねつ［熱］②名 發燒、熱度

かぜで　ひどい　ねつが　でました。

因為感冒發高燒了。

かじ [火事] 1 名 火災

きのう　かじの　ニュースを　みましたか。

昨天看到火災的新聞了嗎？

じこ [事故] 1 名 事故

このへんは　じこが　よく　おこります。

這一帶常發生事故。

かいぎ [会議] 1 名 會議

まいしゅうすいようび　かいぎが　あります。

每星期三有會議。

でんとう [伝統] 0 名 傳統

でんとうの　ぶんかを　まもりたいです。

想要維護傳統文化。

ゆめ [夢] 2 名 夢

あなたの　ゆめは　なんですか。

你的夢想是什麼呢？

りょうほう [両方] 3 名 雙方

りょうほうの　てに　にもつを　もって　います。

二邊的手都拿著行李。

じんこう [人口] 0 名 人口

せかいの　じんこうは　やく
ろくじゅうさんおくです。

世界的人口大約六十三億。

いじょう [以上] ① 名 以上

たいわんの　じんこうは　にせんまんいじょうです。

台灣的人口二千萬以上。

いか [以下] ① 名 以下

せんえんいかなら　かいたいです。

如果一千日圓以下的話想要買。

いがい [以外] ① 名 以外

にちようびいがいは　がいしゅつして　います。

除了星期天以外都外出。

いない [以内] ① 名 以內

いちじかんいないに　もどります。

一個小時以內回來。

うち [内] ⓪ 名 內、中

ふたつの　うち　ひとつ　えらんで　ください。

請從二個之中選一個。

てんきよほう [天気予報] ④ 名 天氣預報

でかけるまえに　てんきよほうを　みて　ください。

出門前請看天氣預報。

たのしみ [楽しみ] ③ 名 樂趣、期待

まいばん　ビールを　のむのが　たのしみです。

每天晚上喝啤酒是一種樂趣。

あしたの　りょこうが　たのしみです。
期待明天的旅行。

ひるやすみ [昼休み] 3 名　午休

ひるやすみは　じゅうにじからです。
午休從十二點開始。

アルバイト 3 名　打工

しゅうに　さんかい　アルバイトを　して　います。
一個禮拜打三次工。

パート / パートタイム 1 / 4 名　排班工作

ははは　スーパーで　パートの　しごとを　して　います。
媽媽在超市上排班工作的班。

タイプ 1 名　類型

かのじょは　わたしの　りそうの　タイプです。
她是我的理想類型。

プレゼント 2 名　禮物

たんじょうびの　プレゼントを　かいに　いきます。
去買生日禮物。

隨堂測驗

（1）選出正確讀音

（　）① ＿＿＿＿夢
1. ゆめ　　2. あめ
3. かめ　　4. さめ

（　）② ＿＿＿＿お祝い
1. おかわい　　2. おねがい
3. おいわい　　4. おてかい

（　）③ ＿＿＿＿楽しみ
1. らくじみ　　2. たのしみ
3. らくしみ　　4. だのしみ

（2）填入正確單字

（　）① じゅぎょうが　ないときは　＿＿＿＿を　します。
1. デパート　　2. アルバイト
3. コート　　4. メートル

（　）② とても　いい　＿＿＿＿が　します。
1. たのしみ　　2. じこ
3. ねつ　　4. におい

（　）③ ＿＿＿＿を　みてから　でかけましょう。
1. でんきようほ　　2. てんきょほう
3. てんきよほう　　4. でんきよほう

解答

(1) ① 1　② 3　③ 2

(2) ① 2　② 4　③ 3

（八）日常生活
❷日用品

おつり［お釣］0 名 找錢

にじゅうえんの　おつりです。

找二十日圓。

かがみ［鏡］0 名 鏡子

かのじょは　かがみを　みるのが　すきです。

她喜歡照鏡子。

きかい［機械］1 名 機械

こうじょうに　いろいろな　きかいが　あります。

工廠裡有各式各樣的機械。

ごみ 2 名 垃圾

かようびは　もえるごみの　ひです。

星期二是丟可燃垃圾的日子。

すいどう［水道］0 名 自來水（管）

すいどうの　みずを　とめて　ください。

請關掉自來水。

ゆ［湯］1 名 熱水

ゆを　わかします。

將熱水燒開。

たな [棚] 0 名 架子

たなに　ほんが　ならんで　います。

架上排列著書籍。

でんぽう [電報] 0 名 電報

かいがいへ　でんぽうを　おくります。

發電報到國外。

にっき [日記] 0 名 日記

まいにち　にっきを　つけます。

每天寫日記。

しなもの [品物] 0 名 東西

しなものを　ならべて　ください。

請把東西排列好。

わすれもの [忘れ物] 0 名 遺忘的東西

かれは　よく　わすれものを　します。

他常常忘東西。

スーツケース 4 名 行李箱

スーツケースに　なにを　いれますか。

行李箱要放什麼東西呢？

アクセサリー 1 3 名 飾品

あねに　アクセサリーを　かりました。

向姊姊借了飾品。

ガス 1 名 瓦斯

ガスを　つかうときは　きを　つけて　ください。
使用瓦斯時請小心。

ガソリン 0 名 汽油

くるまは　ガソリンが　ないと　はしれません。
車子沒汽油就不能跑。

ガラス 0 名 玻璃

ガラスが　われると　あぶないです。
玻璃要是破了，很危險。

隨堂測驗

（1）選出正確讀音

（　）① ＿＿＿＿鏡
1. かがみ　　2. ががみ
3. かかみ　　4. がかみ

（　）② ＿＿＿＿棚
1. たな　　2. だんな
3. たんな　　4. だな

（　）③ ＿＿＿＿日記
1. にいき　　2. にっき
3. にんき　　4. につき

（2）填入正確單字

（　）① でかけるまえに　＿＿＿＿を　しめて
ください。
1. クラス　　2. マッチ
3. カップ　　4. ガス

（　）② にほんでは　＿＿＿＿の　みずが
そのまま　のめます。
1. すいとう　　2. すうとう
3. すいどう　　4. すうどう

（　）③ ＿＿＿＿が　われて　けがを　しました。
1. ガス　　2. ガソリン
3. ガラス　　4. パート

解答

（1） ① 1　② 1　③ 2
（2） ① 4　② 3　③ 3

（八）日常生活
❸因果關係

おわり[終わり] ⓪ 名 結束

じゅうにがつさんじゅういちにちは　いちねんの
おわりです。

十二月三十一日是一年的結束。

こと[事] ② 名 事

そのことは　しって　います。

知道那件事情。

よう[用／様] ① 名 事情、樣子

ようが　すんだら　かえりましょう。

事情辦完的話，就回去吧！

きょうだいの　ように　なかが　いいです。

像兄弟般，感情很好。

ばあい[場合] ⓪ 名 場合、情況

あめの　ばあいは　ちゅうしです。

下雨的話停辦。

はず ⓪ 名 應該

せんせいは　もう　きて　いるはずです。

老師應該已經來了。

ため [為] 2 名 緣故

びょうきの　ため、がっこうを　やすみました。

因為生病的緣故，向學校請了假。

げんいん [原因] 0 名 原因

かじの　げんいんは　まだ　わかりません。

還不知道失火的原因。

りゆう [理由] 0 名 理由

おくれたりゆうは　なんですか。

遲到的理由是什麼呢？

わけ [訳] 1 名 理由、原因

あにが　りこんしたわけは　わかりません。

不知道哥哥離婚的原因。

そのひは　わけが　あって　いけません。

因為那天有事，不能去。

かんけい [関係] 0 名 關係

ふたりは　どんな　かんけいですか。

二位是什麼樣的關係呢？

きかい [機会] 2 0 名 機會、契機

これを　きかいに　くるまを　かいましょう。

藉此機會買車吧！

かっこう [格好] 0 名 樣子

はでな　<u>かっこう</u>は　きらいです。

討厭華麗的打扮。

とおり [通り] 1 名 照～樣子

つぎの　<u>とおり</u>に　かいて　ください。

請照下面的樣子寫。

まま 2 名 一如原樣

くつの　<u>まま</u>　あがって　ください。

請穿著鞋子上來吧。

つもり 0 名 意圖、打算

さいしょから　かう<u>つもり</u>でした。

一開始就打算買。

つごう [都合] 0 名 情況、方便

そのひは　<u>つごう</u>が　わるいです。

那一天不方便。

ようじ [用事] 0 名 （待辦）事情

<u>ようじ</u>が　あるので、ちょっと　まって　くれませんか。

因為有事，所以可以請您稍待嗎？

隨堂測驗

（1）選出正確答案

（　）① ________訳

1. わく　　2. わけ
3. かく　　4. わか

（　）② ________都合

1. つうこう　　2. づこう
3. つごう　　4. つうごう

（　）③ ________こと

1. 革　　2. 事
3. 車　　4. 実

（2）填入正確單字

（　）① A：こんどの　にちようび　えいがを　みませんか。
B：えっ、にちようびですか。
ちょっと　________が　わるいので、どようびに　しませんか。

1. げんいん　　2. かっこう
3. ようじ　　4. つごう

（　）② おおあめの　________、しあいは　ちゅうしに　なりました。

1. ため　　2. きかい
3. かっこう　　4. おわり

(　) ③ ぜんぜん　わかりません。
だれか ＿＿＿＿を　せつめいして
くれませんか。
1. つごう　　2. ばあい
3. わけ　　4. るす

解答

(1) ① 2　② 3　③ 2
(2) ① 4　② 1　③ 3

（九）學校

❶ 設施

しょうがっこう [小学校] ③ 名 小學

いもうとも　わたしと　おなじ
しょうがっこうです。

妹妹也和我同一個小學。

ちゅうがっこう [中学校] ③ 名 國中

おとうとは　ちゅうがっこうに　かよって
います。

弟弟讀國中。

こうこう / こうとうがっこう
[高校 / 高等学校] ⓪ / ⑤ 名 高中

このこうこうは　とても　ゆうめいです。

這所高中很有名。

けんきゅうしつ [研究室] ③ 名 研究室

じっけんは　けんきゅうしつで　します。

實驗是在研究室裡做。

せき [席] ① 名 座位

あなたの　せきは　どこですか。

你的座位在哪裡呢？

隨堂測驗

選出正確答案

(　) ① こうぎの　まえに　＿＿＿＿を　とります。
1. せき　　2. だいがく
3. ほんだな　　4. せんせい

(　) ② せんせいは　＿＿＿＿に　います。
1. たな　　2. すいどう
3. けんきゅうしつ　　4. パソコン

(　) ③ ちゅうがっこうを　でてから、＿＿＿＿に はいります。
1. ごうこう　　2. つうごう
3. こうごう　　4. こうこう

解答

① 1　② 3　③ 4

(九)學校
❷課業

こうぎ [講義] ①名 講課

ごごにじから　こうぎが　あります。

下午二點開始有課。

じ [字] ①名 字

さんさいの　こどもは　まだ　じが　よめません。

三歲的小孩，還不識字。

かいわ [会話] ⓪名 會話

ふたりで　かいわの　れんしゅうを　しましょう。

二個人做會話練習吧！

はつおん [発音] ⓪名 發音

はつおんの　れんしゅうを　しましょう。

做發音練習吧！

ぶんぽう [文法] ⓪名 文法

にほんごの　ぶんぽうは　むずかしいです。

日語的文法很難。

いけん [意見] ①名 意見

ここに　いけんを　かきましょう。

在這寫上意見吧！

せつめい [説明] 0 名 說明

つかいかたの　せつめいを　して　ください。

請說明使用方法。

しょうせつ [小説] 0 名 小說

しょうせつを　つきに　いっさつ　よみます。

每個月閱讀一本小說。

ぎじゅつ [技術] 1 名 技術

かれは　すばらしい　ぎじゅつを　もって　います。

他擁有精湛的技術。

しかた [仕方] 0 名 方法、辦法

しかたが　ありません。

沒辦法。

きそく [規則] 1 名 規則

がっこうの　きそくは　まもらなければ
いけません。

學校的規則非遵守不可。

しあい [試合] 0 名 比賽

テニスの　しあいに　さんかします。

參加網球的比賽。

よしゅう [予習] 0 名 預習

にほんごの　よしゅうを　して　います。

正在預習日語。

しけん［試験］2 名 考試

らいしゅう　しけんが　あります。

下星期有考試。

こたえ［答え］2 名 答案、回答

こたえは　わかりましたか。

知道答案了嗎？

てん［点］0 名 分數

しけんで　いい　てんを　とりたいです。

想在考試得高分。

ソフト 1 名 軟體

このがっこうの　ソフトは　あたらしいです。

這學校的軟體是新的。

テキスト 1 名 教材、課本

こうぎの　テキストを　うちに　わすれました。

把上課的教材忘在家裡了。

レポート／リポート 2／2 名 報告

まいにち　レポートが　あるので　たいへんです。

因為每天都有報告，很吃不消。

隨堂測驗

（1）選出正確答案

（　）① ＿＿＿＿じ

1. 宇　　2. 字
3. 宙　　4. 子

（　）② ＿＿＿＿講義

1. こうぎ　　2. ごうき
3. こうき　　4. こぎ

（　）③ ＿＿＿＿試合

1. しいあい　　2. みあい
3. でいあい　　4. しあい

（2）填入正確單字

（　）① あたらしい　がっこうに　はいって、＿＿＿＿も　かわりました。

1. ペット　　2. ページ
3. デパート　　4. テキスト

（　）② みなさんの　＿＿＿＿を　かみに　かいて　ください。

1. いんけん　　2. いっけん
3. いけん　　4. いがい

（　）③ しあいの　とき　＿＿＿＿を　まもって　ください。

1. きぞく　　2. きそく
3. いぞく　　4. ぎそく

解答

(1) ① 2　② 1　③ 4

(2) ① 4　② 3　③ 2

（九）學校
❸專業

せんもん［専門］0 名 專攻

せんもんは　にほんぶんがくです。

專攻是日本文學。

きょういく［教育］0 名 教育

そふは　にほんの　きょういくを　うけました。

祖父受了日本的教育。

ぶんがく［文学］1 名 文學

ぶんがくの　じゅぎょうは　すいようびです。

文學的課是星期三。

ぶんか［文化］1 名 文化

ヨーロッパの　ぶんかに　きょうみが　あります。

對歐洲的文化有興趣。

かがく［科学］1 名 科學

かがくと　すうがくの　かんけいは　ふかいです。

科學和數學的關係很深。

すうがく［数学］0 名 數學

いもうとに　すうがくを　おしえます。

教妹妹數學。

れきし [歴史] 0 名 歴史

れきしから　いろいろな　ことを　まなびます。

從歷史學習各式各樣的事情。

ちり [地理] 1 名 地理

このへんの　ちりを　よく　しりません。

不太清楚這附近的地理。

せいじ [政治] 0 名 政治

たいわんの　ひとは　せいじへの　かんしんが　たかいです。

台灣人很熱中政治。

しゃかい [社会] 1 名 社會

わたしたちは　しゃかいの　いちいんです。

我們是社會的一份子。

ほうりつ [法律] 0 名 法律

ほうりつは　まもらなければ　なりません。

非遵守法律不可。

せいよう [西洋] 1 名 西洋

せいようの　ぶんがくを　ならいはじめました。

開始學習西洋的文學了。

こくさい [国際] 0 名 國際

りょうしんは　こくさいけっこんに　はんたいです。

父母反對國際婚姻。

ぼうえき [貿易] 0 名 貿易

ぼうえきの　ことなら　そうだんして　ください。

如果是貿易的事情，請跟我商量。

けいざい [経済] 1 名 經濟

アメリカで　けいざいを　まなびました。

在美國學習了經濟。

こうぎょう [工業] 1 名 工業

このまちの　おもな　こうぎょうは

てっこうです。

這個城鎮主要的工業是鋼鐵。

さんぎょう [産業] 0 名 產業

さんぎょうもんだいは　ふくざつです。

產業問題很複雜。

いがく [医学] 1 名 醫學

いまの　いがくは　すすんで　います。

現在的醫學日新月異。

隨堂測驗

(1) 選出正確答案

( ) ① ________ちり

1. 地表　　2. 地理
3. 地候　　4. 地図

( ) ② ________いがく

1. 医学　　2. 匡学
3. 区学　　4. 巨学

( ) ③ ________産業

1. さんきゅう　　2. さんきょう
3. さんぎょ　　4. さんぎょう

(2) 填入正確單字

( ) ① むかしの　ことは　________に　なります。

1. けいざい　　2. ちり
3. せいじ　　4. れきし

( ) ② がいこくから　ものを　ゆにゅうすることを
________と　いいます。

1. いがく　　2. せいじ
3. ぼうえき　　4. ぶんがく

( ) ③ ________の　ちがいで　たべものも
ちがいます。

1. ぶんぽう　　2. ぶんか
3. ぶんがく　　4. ぶんしょう

解答

(1) ① 2　② 1　③ 4

(2) ① 4　② 3　③ 2

（九）學校
❹工具

けしゴム［消しゴム］ 0 名 橡皮擦

けしゴムと　えんぴつを　つくえの　うえに おきなさい。

把橡皮擦和鉛筆放在桌上。

じてん［辞典］ 0 名 字典

じてんを　かりても　いいですか。

可以跟你借字典嗎？

どうぐ［道具］ 3 名 道具

どうぐを　つかって　じっけんします。

利用道具做實驗。

コンピューター 3 名 電腦

コンピューターが　つかえますか。

會使用電腦嗎？

パソコン 0 名 個人電腦

だいがくせいは　ほとんど　パソコンを　もって います。

大學生大部分都有個人電腦。

隨堂測驗

選出正確答案

（　）① えんぴつで　かいたので、＿＿＿＿で
けしても　だいじょうぶです。
1. ガラス　　2. かみ
3. けしゴム　　4. じびき

（　）② いみが　わからないので、＿＿＿＿を
ひきます。
1. まんが　　2. え
3. じてん　　4. ピアノ

（　）③ こんかいの　レポートは　＿＿＿＿で
つくりました。
1. ギター　　2. パソコン
3. サラダ　　4. テニス

解答

① 3　② 3　③ 2

（十）單位

～おく［～億］名　～億

せかいの　じんこうは　なんおくですか。

世界的人口有幾億呢？

重點整理

いちおく 一億	におく 二億	さんおく 三億
よんおく 四億	ごおく 五億	ろくおく 六億
ななおく 七億	はちおく 八億	きゅうおく 九億
じゅうおく 十億		

～けん［～軒］名 ～間

さんげんめの　いえは　りんさんの　おたくです。

第三間房子就是林先生的府上。

重點整理

いっけん 一軒	にけん 二軒	さんげん 三軒
よんけん 四軒	ごけん 五軒	ろっけん 六軒
ななけん 七軒	はっけん 八軒	きゅうけん 九軒
じゅっけん、 じっけん 十軒		

～だい［～代］名 ～年齡的範圍

このみせは　にじゅうだいの　ひとに　にんきが　あります。

這間店受到二十多歲人的歡迎。

重點整理

じゅうだい 十代	にじゅうだい 二十代	さんじゅうだい 三十代
よんじゅうだい 四十代	ごじゅうだい 五十代	

～ばい［～倍］名　～倍

ねだんは　にばいに　なりました。

價錢變成二倍了。

重點整理

いちばい 一倍	にばい 二倍	さんばい 三倍
よんばい 四倍	ごばい 五倍	ろくばい 六倍
ななばい 七倍	はちばい 八倍	きゅうばい 九倍
じゅうばい 十倍		

いちど［一度］③名　一次

もう　いちど　せつめいして　ください。

請再說明一次。

隨堂測驗

選出正確答案

（　）① ＿＿＿＿は　じゅっさいから　じゅうきゅうさいまでの　ひとの　ことです。

1. じゅうたい　　2. じゅうだい
3. じゅうさい　　4. じゅうにん

(　) ② ごじゅうの　＿＿＿＿は
ひゃくごじゅうです。

1. さんはい　　2. さんぱい
3. さんばい　　4. さんべい

(　) ③ ＿＿＿＿が　わたしの　うちです。

1. にけめ　　2. にかんめ
3. にげんめ　　4. にけんめ

解答

① 2　② 3　③ 4

（十一）時間

しょうがつ [正月] 4 名 正月

しょうがつは　いちねんの　はじめです。

正月是一年的開始。

重點整理

しょうがつ、 正月、 いちがつ 一月	にがつ 二月	さんがつ 三月
しがつ 四月	ごがつ 五月	ろくがつ 六月
しちがつ 七月	はちがつ 八月	くがつ 九月
じゅうがつ 十月	じゅういちがつ 十一月	じゅうにがつ 十二月

～つき [～月] 名 ～個月

にほんごを　べんきょうしてから、ふたつきがたちました。

學日語開始，已經過了二個月。

重點整理

ひとつき、 一月、 いっかげつ 一か月	ふたつき、 二月、 にかげつ 二か月	さんかげつ 三か月
よんかげつ 四か月	ごかげつ 五か月	ろっかげつ、 六か月、 はんとし 半年
ななかげつ、 しちかげつ 七か月	はちかげつ、 はっかげつ 八か月	きゅうかげつ 九か月
じゅっかげつ、 じっかげつ 十か月		

こんや［今夜］1 名 今晚

こんや　ともだちの　いえに　とまります。

今晚住朋友家。

重點整理

おとといの　あさ 一昨日の　朝	きのうの　あさ 昨日の　朝	けさ 今朝
あしたの　あさ 明日の　朝	あさっての　あさ 明後日の　朝	
おとといの　ばん 一昨日の　晩	きのうの　ばん、 昨日の　晩、 ゆうべ 昨夜	こんばん、 今晩、 こんや 今夜
あしたの　ばん 明日の　晩	あさっての　ばん 明後日の　晩	

さらいしゅう [再来週] ⓪ 名 下下個星期

さらいしゅう　テストが　あります。

下下個星期有考試。

重點整理

せんせんしゅう 先々週	せんしゅう 先週	こんしゅう 今週
らいしゅう 来週	さらいしゅう 再来週	

さらいげつ [再来月] ②⓪ 名 下下個月

さらいげつ　りょこうに　いきます。

下下個月要去旅行。

重點整理

せんせんげつ 先々月	せんげつ 先月	こんげつ 今月
らいげつ 来月	さらいげつ 再来月	

あす [明日] ② 名 明日

あすは　やすみです。

明日休假。

ひるま [昼間] ③ 名 白天

ひるまの　うちに　せんたくします。

在白天裡洗衣服。

あいだ［間］０名 之間

ほんの　あいだに　しゃしんが　はさまれて　いました。

書本之間夾著照片。

このあいだ［この間］５０名 上次、前幾天

このあいだは　おせわに　なりました。

上次承蒙您照顧了。

このごろ［この頃］０名 近來

このごろの　がくせいは　あたまが　いいです。

近來的學生，腦筋很好。

こんど［今度］１名 這回、下次

こんどの　しあいは　いつですか。

這次的比賽是什麼時候呢？

こんど　いっしょに　しょくじを　しましょう。

下次一起吃飯吧！

さいきん［最近］０名 最近

さいきん　びじゅつかんへ　いきました。

最近去了美術館。

さいしょ［最初］０名 最初、最開始

さいしょに　はいったのは　だれですか。

最先進去的是誰呢？

さいご [最後] 1 名 最後

さいごまで　がんばりましょう。

努力到最後吧！

ひ [日] 1 名 天、日子

ゆきの　ひは　とても　さむいです。

下雪天很冷。

むかし [昔] 0 名 以前

むかし　このへんは　うみでした。

以前這附近是海。

じだい [時代] 0 名 時代

がくせいじだい　よく　あのみせへ　いきました。

學生時代經常去那間店。

しょうらい [将来] 1 名 將來

しょうらい　いしゃに　なりたいです。

將來想當醫生。

隨堂測驗

(1) 選出正確讀音

(　) ① ________明日

1. おととい　　2. きのう
3. あす　　4. きょう

（　）② ＿＿＿＿間
1. がん　2. あいた
3. あっだ　4. あいだ

（　）③ ＿＿＿＿昔
1. おかし　2. むかし
3. たかし　4. めかし

(2) 填入正確單字

（　）① ＿＿＿＿　よく　ゆきが　ふって　います。
1. むかし　2. じだい
3. このごろ　4. あいだ

（　）② としの　はじめは　＿＿＿＿です。
1. しょうがつ　2. ろくがつ
3. くがつ　4. しがつ

（　）③ せんせいに　＿＿＿＿に　ついて
そうだんしました。
1. むかし　2. しょうらい
3. にち　4. つき

解答

(1) ① 3　② 4　③ 2
(2) ① 3　② 1　③ 2

三

形容詞

形容詞也是答題的一大關鍵，因為形容詞通常被用來表達某人對於一件事物的評價、感覺和看法，也因此，要知曉一段文字或對話中的句意，十分仰賴對於形容詞是否掌握得宜。將常用的形容詞記住，就能輕鬆掌握住文句的中心概念！

（一）イ形容詞

❶狀態

あさい［浅い］ 0 2 イ形 淺的

このおさらは　あさいです。

這個盤子很淺。

ふかい［深い］ 2 イ形 深的

このほんの　いみは　ふかいです。

這本書的意思很深遠。

かたい［硬い］ 0 2 イ形 硬的

いしは　かたいです。

石頭很硬。

やわらかい［柔らかい］ 4 イ形 柔軟的

ふとんは　やわらかいです。

棉被很柔軟。

こまかい［細かい］ 3 イ形 細微的

こまかい　ところも　そうじしなければ　いけません。

細微的地方也得清掃。

おかしい［可笑しい］ 3 イ形 奇怪的

かれの　かっこうは　ちょっと　おかしいです。

他的樣子有一點奇怪。

はずかしい [恥ずかしい]

4 イ形 害羞的、慚愧的、丟臉的

はずかしい　ことを　しないで　ください。

請別做丟臉的事情。

きびしい [厳しい] 3 イ形 嚴格的

ちちは　きびしい　ひとです。

家父是嚴格的人。

こわい [怖い] 2 イ形 恐怖的

あのえいがは　こわいです。

那部電影很恐怖。

ひどい [酷い] 2 イ形 殘酷的、慘不忍睹的

きのうの　しあいは　ひどかったです。

昨天的比賽慘不忍睹。

すごい [凄い] 2 イ形 厲害的

かれの　ぎじゅつは　すごいです。

他的技術高超。

すばらしい [素晴らしい]

4 イ形 精采的、了不起的

このコンサートは　すばらしいです。

這場演唱會很精采。

めずらしい [珍しい] ④ イ形 罕見的、珍貴的

うみの　そこに　<u>めずらしい</u>　さかなが　みえます。

海底裡，可以看見珍貴的魚。

ただしい [正しい] ③ イ形 正確的

<u>ただしい</u>　こたえを　えらびます。

選擇正確的答案。

よろしい [宜しい] ③⓪ イ形 妥當的、好的

ここに　すわっても　<u>よろしい</u>ですか。

請問可以坐在這裡嗎？

ねむい [眠い] ⓪② イ形 想睡覺的

きのう　てつやでしたから　とても　<u>ねむい</u>です。

因為昨天通宵，所以很想睡。

隨堂測驗

（1）選出正確答案

（　）① ________眠い

1. さむい　　2. おもい
3. おそい　　4. ねむい

（　）② ________あさい

1.法い　　2.洋い
3.浅い　　4.決い

（ ）③ ＿＿＿＿＿ただしい
1.正しい　2.両しい
3.区しい　4.政しい

（2）填入正確單字

（ ）① みんなの　まえで　うたうのは＿＿＿＿＿です。
1. こまかい　2. やわらかい
3. はずかしい　4. きたない

（ ）② さんじかんしか　ねて　いませんから、いま　とても　＿＿＿＿＿です。
1. ねむい　2. からい
3. ふかい　4. うまい

（ ）③ べんきょうしなかったから、＿＿＿＿＿せいせきでした。
1. おかしい　2. ひどい
3. むずかしい　4. つめたい

解答

（1） ① 4　② 3　③ 1
（2） ① 3　② 1　③ 2

（一）イ形容詞
❷感覺

うつくしい［美しい］④ イ形 美麗的

ゆきの　けしきは　うつくしいです。

雪景很美麗。

うれしい［嬉しい］③ イ形 高興的

りょうしんに　ほめられて　うれしいです。

被雙親誇獎，很高興。

かなしい［悲しい］⓪③ イ形 悲傷的

『ほたるの　はか』は　かなしい　えいがです。

《螢火蟲之墓》是悲傷的電影。

さびしい［寂しい］③ イ形 寂寞的

ひとりの　よるは　さびしいです。

一個人的夜晚是寂寞的。

やさしい［優しい］⓪③ イ形 溫柔的、體貼的

これは　あかちゃんに　やさしい　たべものです。

這是對嬰兒很溫和的食物。

うまい [美味い / 巧い] ② イ形 好吃的、巧妙的

このみせの　すしは　うまいです。

這間店的壽司很好吃。

かのじょは　にほんごが　うまいです。

她的日文很好。

にがい [苦い] ② イ形 苦的

このくすりは　とても　にがいです。

這藥很苦。

隨堂測驗

(1) 選出正確讀音

(　) ① ＿＿＿＿美味い

1. いたい　　2. うまい
3. えたい　　4. きたい

(　) ② ＿＿＿＿寂しい

1. うれしい　　2. いとしい
3. きびしい　　4. さびしい

(　) ③ ＿＿＿＿苦い

1. にがい　　2. くるしい
3. うれしい　　4. すごい

(2) 填入正確單字

(　) ① ＿＿＿＿　えいがを　みて、なきました。

1. ほそい　　2. にがい
3. かなしい　　4. ぬるい

（　）② かれは　いつも　わたしに　＿＿＿＿＿です。
1. やさしい　　2. ただしい
3. かなしい　　4. ふかい

（　）③ このやさいは　＿＿＿＿＿　あじが　します。
1. にがい　　2. つめたい
3. さむい　　4. いそがしい

解答

(1) ① 2　② 4　③ 1

(2) ① 3　② 1　③ 1

（二）ナ形容詞

❶狀態

あんぜん（な）[安全（な）]

0 名 ナ形 安全（的）

じしんの　とき、あんぜんな　ばしょに かくれなさい。

地震的時候，要躲在安全的地方。

きけん（な）[危険（な）]

0 名 ナ形 危險（的）

きけんな　ところで　あそばないで　ください。

請不要在危險的地方玩。

きゅう（な）[急（な）]

0 名 ナ形 緊急、突然（的）

きゅうな　ことなので、じゅんびが　できて いません。

因為是突發的事情，所以沒能準備好。

さかん（な）[盛ん（な）]

0 ナ形 繁榮（的）

でんしゃが　できて、このへんは　さかんに なりました。

有了電車，這附近繁榮了起來。

だいじ（な）[大事（な）]

0 名 ナ形 重要（的）

ごご だいじな かいぎが あります。

下午有重要的會議。

ひつよう（な）[必要（な）]

0 名 ナ形 必要（的）

くうきは にんげんには ひつような ものです。

空氣是人類必要的東西。

ていねい（な）[丁寧（な）]

1 名 ナ形 慎重（的）、禮貌（的）

そふは とても ていねいな にほんごを はなします。

祖父說非常有禮貌的日語。

まじめ（な）[真面目（な）]

0 名 ナ形 認真（的）

たなかさんは まじめな がくせいです。

田中同學是個認真的學生。

たしか（な）[確か（な）]

1 ナ形 確切（的）

コンサートの たしかな ひにちが きまりましたか。

演唱會確切的日期決定了嗎？

じゅうぶん（な）[十分（な）/ 充分（な）]

3 名 ナ形 足夠（的）、充分（的）

ふたりで　すむには　じゅうぶんな　おおきさです。

對二個人居住來說，是足夠的大小。

てきとう（な）[適当（な）]

0 名 ナ形 適合（的）、隨便（的）

てきとうな　しごとが　みつかりました。

找到適合的工作了。

かのじょは　いつも　てきとうな　へんじを　します。

她總是隨隨便便的回答。

とくべつ（な）[特別（な）]

0 名 ナ形 特別（的）

かれは　わたしに　とって　とくべつな　ひとです。

他對我來說是特別的人。

ふべん（な）[不便（な）]

1 名 ナ形 不方便（的）

そふは　ふべんな　ところに　すんで　います。

祖父住在不方便的地方。

べつ（な）[別（な）] 0 名 ナ形 另外（的）

べつな　みかたも　ありますよ。

也有另外的看法喔！

だめ（な）[駄目（な）]

2 名 ナ形 不可以、沒有用（的）

あなたは だめな こどもでは ありません。

你不是沒用的小孩。

むり（な）[無理（な）]

1 名 ナ形 不行、勉強、不合理（的）

それは むりな おねがいです。

那是無理的請求。

じゃま（な）[邪魔（な）]

0 名 ナ形 打擾、妨礙（的）

みちの まんなかに じゃまな ものを
おかないで ください。

路中間請別放會擋路的東西。

いっしょうけんめい（な）[一生懸命（な）]

5 名 ナ形 拚命（的）

しけんの ため、いっしょうけんめい
べんきょうします。

為了考試，拚命唸書。

隨堂測驗

（1）選出正確答案

（ ）① ________確か

1. たしか　　2. いつか
3. だしか　　4. みつか

（　）② ＿＿＿＿きゅう

1.急　　2.思

3.息　　4.危

（　）③ ＿＿＿＿べつ

1.計　　2.制

3.別　　4.跡

（2）填入正確單字

（　）① がっこうの　りょうは　とおくて ＿＿＿＿です。

1. じゅうぶん　　2. ふべん

3. ざんねん　　4. じゃま

（　）② かれは　＿＿＿＿な　がくせいですから、まいにち　おそくまで　べんきょうします。

1. てきとう　　2. だいじ

3. まじめ　　4. きけん

（　）③ ははの　たんじょうびに　＿＿＿＿な プレゼントを　じゅんびしました。

1. さかん　　2. きゅう

3. とくべつ　　4. まじめ

解答

（1） ① 1　② 1　③ 3

（2） ① 2　② 3　③ 3

（二）ナ形容詞
❷感覺

かんたん（な）［簡単（な）］
0 名 ナ形 簡單（的）

これは　いちばん　かんたんな　ほうほうです。

這是最簡單的方法。

ふくざつ（な）［複雑（な）］
0 名 ナ形 複雜（的）

ふたりは　ふくざつな　かんけいです。

他們二個人是複雜的關係。

ざんねん（な）［残念（な）］
3 名 ナ形 遺憾（的）、可惜（的）

ざんねんな　けっかに　なりました。

變成了令人遺憾的結果。

しんせつ（な）［親切（な）］
1 名 ナ形 親切（的）

ふくださんは　しんせつな　ひとです。

福田先生是親切的人。

ねっしん（な）［熱心（な）］
1 名 ナ形 熱心（的）

かれは　ねっしんな　せんせいです。

他是熱心的老師。

じゆう（な）[自由（な）]

2 名 ナ形 自由（的）

アメリカは　じゆうな　くにです。

美國是自由的國家。

へん（な）[変（な）]

1 名 ナ形 奇怪（的）

へやから　へんな　おとが　きこえました。

聽到從房間傳來奇怪的聲音。

隨堂測驗

（1）選出正確答案

（　）① ＿＿＿＿残念

1. さんねん　　2. むねん
3. せんねん　　4. ざんねん

（　）② ＿＿＿＿親切

1. しんきり　　2. しんせつ
3. じんきり　　4. しんぜつ

（　）③ ＿＿＿＿自由

1. じゆい　　2. じいゆ
3. じゆう　　4. じいゆう

（2）填入正確單字

（　）① じぶんだけ　ごうかくして　＿＿＿＿な　きもちです。

1. しんせつ　　2. ふくざつ
3. ねっしん　　4. じゃま

(　) ② たなかさんは　＿＿＿＿な　せんせいです。

1. ねっしん　　2. むり

3. かんたん　　4. べんり

(　) ③ まけたことは　とても　＿＿＿＿です。

1. ふべん　　2. べつ

3. じゆう　　4. ざんねん

解答

(1) ① 4　② 2　③ 3

(2) ① 2　② 1　③ 4

三 副詞

副詞因為不是句子中絕對必要的存在，因此常被學習者忽略。然而副詞因為能夠表達程度、情形與狀態，有時在判斷題目的句意時是不可或缺的，甚至可能成為答題的關鍵字。好好記住這些常用副詞，在考試中必能助您一臂之力！

（一）頻率、程度

いっぱい［一杯］ 0 副 滿滿地

こうえんに　はなが　いっぱい　さいて　います。

公園裡花滿滿地開著。

いくら［幾ら］ 1 副 怎麼也（不）～（接否定）

いくら　たべても　おなかが　いっぱいに　なりません。

再怎麼吃，肚子也不覺得飽。

ちっとも 3 副 一點也（不）～（接否定）

このりょうりは　ちっとも　おいしくないです。

這個料理一點也不好吃。

ぜんぜん［全然］ 0 副 完全（不）～（接否定）

そのことを　わたしは　ぜんぜん　しりませんでした。

那件事情，我完全不知情。

ずっと 0 副 一直

ずっと　ここで　まって　います。

一直在這裡等。

すっかり ③ 副 完全

むかしの　ことは　すっかり　わすれました。

過去的事，完全忘了。

しっかり ③ 副 結實地、牢牢地

おかあさんは　こどもの　てを　しっかり

にぎって　います。

媽媽牢牢地握著小孩的手。

だいたい [大体] ⓪ 副 大致、大體上

じじょうは　だいたい　わかりました。

事情大致了解了。

たいてい [大抵] ⓪ 副 大都、大概

かれの　しょうせつは　たいてい　よみました。

他的小說大都看過了。

だいぶ [大分] ⓪ 副 相當

くすりを　のんでから、だいぶ　よく　なりました。

吃了藥之後，相當好轉了。

ずいぶん [随分] ① 副 相當

きょうは　ずいぶん　とおくまで　あるきました。

今天走得相當地遠。

ほとんど [殆ど] ② 副 幾乎

そのみせで　おかねを　ほとんど　つかいました。

在那間店把錢幾乎用光了。

そろそろ 1 副 就要、差不多

<u>そろそろ</u>　しつれいします。

差不多該告辭了。

だんだん [段々] 0 副 漸漸

<u>だんだん</u>　さむく　なります。

漸漸變冷。

どんどん 1 副 接連不斷、依序地

しごとを　<u>どんどん</u>　かたづけました。

把工作依序地解決了。

もっとも [最も] 3 副 最

いちねんで　<u>もっとも</u>　さむいのは　にがつです。

一年裡，最冷的是二月。

なかなか 0 副 頗、很

<u>なかなか</u>　むずかしい　もんだいです。

相當困難的問題。

はっきり 3 副 清楚地

いけんが　あれば、<u>はっきり</u>　いって　ください。

如果有意見，請清楚地說出來。

なるべく 0 副 盡量

<u>なるべく</u>　あつい　ふくを　きなさい。

要盡量穿厚的衣服。

それほど 0 副　那麼地～

にほんごは　<u>それほど</u>　むずかしくないです。

日語並沒有那麼地困難。

そんなに 0 副　那麼地～

<u>そんなに</u>　からくは　ありませんよ。

沒有那麼地辣喔！

まず 1 副　首先

<u>まず</u>　ゆっくり　やすみましょう。

先好好地休息吧！

ぜひ [是非] 1 副　務必、一定

<u>ぜひ</u>　いちど　あそびに　きて　ください。

請務必來玩一趟。

かならず [必ず] 0 副　一定、必定

やくそくは　<u>かならず</u>　まもります。

一定遵守約定。

きっと 0 副　一定、肯定

りんさんは　<u>きっと</u>　ごうかくします。

林同學一定會合格。

わりあいに [割合に]

0 副　比較地、比想像地還～

きまつしけんは　<u>わりあいに</u>　やさしかったです。

期末考試比想像地還簡單。

隨堂測驗

(1) 選出正確讀音

( ) ① ________是非

1. ぜひ　　2. せひ
3. じひ　　4. しひ

( ) ② ________殆ど

1. ほどんど　　2. ほどんと
3. ほとんと　　4. ほとんど

( ) ③ ________最も

1. もっとも　　2. さいも
3. もとも　　4. さきも

(2) 填入正確單字

( ) ① こんどの　しあいは　________
かちたいです。

1. はっきり　　2. ちっとも
3. ほとんど　　4. ぜひ

( ) ② このテストは　________　むずかしいです。

1. わりあいに　　2. ぜひ
3. しっかり　　4. そろそろ

( ) ③ レポートは　________　あしたまでに
だして　ください。

1. なるべく　　2. たいぶ
3. なかなか　　4. だんだん

解答

(1) ① 1　② 4　③ 1

(2) ① 4　② 1　③ 1

（二）其他

けっして［決して］ ⓪副　絕（不）～（接否定）

けっして　ほかの　ひとに　はなしては　いけません。

絕對不可以跟別人說。

しばらく［暫く］ ②副　暫時

しばらく　へやを　かります。

暫時借一下房間。

とうとう ①副　到頭來、終究

とうとう　かれは　きませんでした。

到頭來他還是沒來。

やっと ⓪副　好不容易、終於（用於正面的結果）

いっしゅうかん　かかって　レポートが　やっと　できました。

花了一星期的時間，報告終於完成了。

もちろん［勿論］ ②副　當然、不用說

パーティーには　もちろん　さんかします。

宴會當然參加。

なるほど 0 副 的確、果然

うわさどおり　なるほど　きれいな　ひとです。

就像傳說那樣，果然是漂亮的人。

やはり / やっぱり 2 / 3 副 仍然、還是

かのじょの　ことが　やはり　わすれられません。

還是無法忘記她。

もし 1 副 如果

もし　あめなら　ちゅうししましょう。

如果下雨的話就中止吧！

たとえば [例えば] 2 副 例如

アルコールでは　たとえば　ワインが　すきです。

酒類裡，例如葡萄酒（我）就喜歡。

とくに [特に] 1 副 特別

ことしの　なつは　とくに　あつかったです。

今年的夏天特別熱。

隨堂測驗

(1) 選出正確讀音

(　) ① ________勿論

1. もちるん　　2. ろんるん
3. もちろん　　4. ろんるん

（　）② ＿＿＿＿暫く
1. しはらく　　2. さんく
3. ぜんく　　4. しばらく

（　）③ ＿＿＿＿特に
1. とぐに　　2. とくに
3. どぐに　　4. どくに

（2）填入正確單字

（　）① さんじかんいじょう　まって、＿＿＿＿
コンサートの　きっぷを　かいました。
1. ずっと　　2. やっと
3. しばらく　　4. もし

（　）② スポーツでは　＿＿＿＿　やきゅうや
テニスが　とくいです。
1. たとえば　　2. もちろん
3. とうとう　　4. なるほど

（　）③ あんなに　まずい　レストランには　もう
＿＿＿＿　いきません。
1. だいぶ　　2. なるほど
3. やっと　　4. けっして

解答

（1）① 3　② 4　③ 2
（2）① 2　② 1　③ 4

四

動詞

在解讀「言語知識」考題時，最重要的莫過於熟悉動詞的各種變化了。此外，考題中也常常會出現區分他動詞和自動詞的陷阱題，所以一定要將他動詞與自動詞的變化記熟，才能充分應戰！

（一）第一類動詞
❶ 他動詞

おっしゃる 3 他動 說（「言（い）う」的尊敬語）

おなまえは　なんと　おっしゃいますか。

請問您貴姓大名？

くださる [下さる]

3 他動 給（「くれる」的尊敬語）

これは　せんせいが　くださったプレゼントです。

這是老師給的禮物。

めしあがる [召し上がる]

0 他動 吃（「食（た）べる」的尊敬語）

どうぞ　めしあがって　ください。

請品嚐。

いたす [致す] 2 他動 做（「する」的謙讓語）

わたしから　はなしを　いたしましょう。

我開始說吧！

いただく [頂く]

0 他動 受領（「もらう」的謙讓語）

かちょうから　おみやげを　いただきました。

收到課長的土產了。

うかがう［伺う］

0 他動　拜訪（「訪問（ほうもん）する」的謙讓語）、問、請教（「聞（き）く」、「尋（たず）ねる」的謙讓語）

こんど　おたくを　うかがいます。

下次拜訪貴府。

せんせいに　ごいけんを　うかがいます。

向老師請教意見。

もうす［申す］1 他動　說（「言（い）う」的謙讓語）

ちょうと　もうします。

敝姓張。

あやまる［謝る］3 他動　道歉

あたまを　さげて　あやまります。

低頭道歉。

いのる［祈る］2 他動　祈求

かみさまに　いのります。

向神明祈求。

うつ［打つ］1 他動　打

まつりで　たいこを　うちます。

在祭典上打太鼓。

うつす [写す] ② 他動 抄、拍照

ノートを　<u>うつします</u>。

抄筆記。

しゃしんを　<u>うつします</u>。

照相。

えらぶ [選ぶ] ② 他動 選擇

すきな　いろを　<u>えらびます</u>。

選擇喜歡的顏色。

おくる [送る] ⓪ 他動 送

おきゃくを　げんかんまで　<u>おくりました</u>。

將客人送到了玄關。

おこす [起こす] ② 他動 發生、喚起

じこを　<u>おこしました</u>。

引起了事故。

あした　ろくじに　<u>おこして</u>　ください。

明天六點請叫我起來。

おこなう [行う] ⓪ 他動 舉行

てんらんかいを　あそこで　<u>おこなって</u>　います。

正在那邊舉行展覽會。

おとす [落とす] ② 他動 掉落

さいふを　<u>おとしました</u>。

弄丟了錢包。

おもいだす [思い出す] 4 他動 想起

むかしの　ことを　おもいだしました。

想起了以前的事。

おもう [思う] 2 他動 想

わたしも　そう　おもいます。

我也是這麼想。

おる [折る] 1 他動 折

かみで　つるを　おります。

用紙折鶴。

かざる [飾る] 0 他動 裝飾

へやを　きれいに　かざりました。

把房間裝飾得很漂亮了。

かむ [噛む] 1 他動 咬

いぬに　かまれました。

被狗咬了。

くれる 0 他動 給予

あねが　わたしに　おかねを　くれました。

姊姊給了我錢。

こわす [壊す] 2 他動 弄壞

どろぼうは　ドアを　こわしました。

小偷把門弄壞了。

さがす [探す] 0 他動 尋找

しごとを さがします。

找工作。

たす [足す] 0 他動 加

さんに にを たすと ごに なります。

三加上二等於五。

たのしむ [楽しむ] 3 他動 享受、期待

いっしょに つりを たのしみましょう。

一起享受釣魚的樂趣吧！

つつむ [包む] 2 他動 包裹

きれいな かみで プレゼントを つつみます。

用漂亮的紙包裹禮物。

つる [釣る] 0 他動 釣

さかなを つります。

釣魚。

てつだう [手伝う] 3 他動 幫忙

ちちの しごとを てつだいます。

幫忙爸爸的工作。

なおす [直す] 2 他動 改正

まちがいを なおします。

修正錯誤。

ぬすむ［盗む］ 2 他動　偷

おかねを　ぬすまれました。

錢被偷了。

ぬる［塗る］ 0 他動　塗抹

バターを　パンに　ぬります。

將奶油塗在麵包上。

はこぶ［運ぶ］ 0 他動　搬運

にもつを　はこびます。

搬運行李。

はらう［払う］ 2 他動　付款

レジで　おかねを　はらいます。

在收銀台付錢。

ひっこす［引っ越す］ 3 他動　搬家

いなかへ　ひっこしました。

搬到鄉下去了。

ひろう［拾う］ 0 他動　撿拾

みちで　ごみを　ひろいました。

在路上撿了垃圾。

ふむ［踏む］ 0 他動　踐踏

しばふを　ふまないで　ください。

請勿踐踏草坪。

もらう [貰う] 0 他動 得到

すてきな　プレゼントを　<u>もらいました</u>。

得到了很棒的禮物。

やく [焼く] 0 他動 燒、烤

こうえんで　ともだちと　にくを　<u>やきます</u>。

在公園和朋友烤肉。

やる 0 他動 給（「あげる」較不客氣的說法，對象為晚輩）、餵、澆

いもうとに　ほんを　<u>やります</u>。

給妹妹書。

ねこに　えさを　<u>やります</u>。

餵貓。

わかす [沸かす] 0 他動 煮開、燒開

おふろを　<u>わかして</u>　ください。

請燒熱洗澡水。

隨堂測驗

(1) 選出正確答案

( ) ① ________焼く

1. きく　　2. ゆく
3. しょく　　4. やく

( ) ② ________写す

1. うずす　　2. うづす
3. うつす　　4. うつず

(2) 填入正確單字

( ) ① さいふを　________ので、けいさつに とどけました。

1. ひろった　　2. おとした
3. みえた　　4. はこんだ

( ) ② にちようびは　ちちと　よく　ここで さかなを　________。

1. もらいます　　2. つります
3. ふみます　　4. かみます

( ) ③ まず　みずを　________。そして おちゃを　いれます。

1. はこびます　　2. よろこびます
3. わかします　　4. おこします

解答

(1) ① 4　② 3

(2) ① 1　② 2　③ 3

（一）第一類動詞
❷自動詞

いらっしゃる 4 自動 在、來、去（「いる」、「来（く）る」、「行（い）く」的尊敬語）

なかやまさんは　かいぎしつに
いらっしゃいますか。
中山先生在會議室裡嗎？

なさる 2 自動 做（「する」的尊敬語）

どうぞ　ごしんぱいなさらないで　ください。
請您不要擔心。

おる [居る] 1 自動 有、在（「いる」的謙讓語）

ちちは　いえに　おります。
家父在家。

まいる [参る] 1 自動 來、去（「来（く）る」、「行（い）く」的謙讓語）、投降

まもなく　でんしゃが　まいります。
不久電車就要進站了。
かれの　つよさには　すっかり　まいりました。
被他的堅強完全打敗了。

あう [合う] 1 自動 合適

このぼうしは　わたしに　よく　あいます。
這頂帽子很適合我。

あがる［上がる］⓪ 自動 上、揚起

おくじょうに　あがります。

爬上屋頂。

さがる［下がる］② 自動 降低

ねつが　さがりました。

燒退了。

あく［空く］⓪ 自動 空、騰出

となりの　へやは　らいげつ　あくよていです。

隔壁的房間預計下個月會空出來。

すく［空く］⓪ 自動 空的

おなかが　すきました。

肚子餓了。

あつまる［集まる］③ 自動 聚集

ひとが　おおぜい　あつまりました。

聚集了很多人。

いそぐ［急ぐ］② 自動 快、著急

いそがないと　じかんに　まにあいません。

不快點會趕不上時間。

うごく［動く］② 自動 動

じしんで　つくえが　うごきました。

因為地震桌子搖動了。

うつる [移る / 映る] ② 自動 遷移、照映

じむしょは　むこうの　ビルに　うつりました。

辦公室搬到對面的大廈了。

あには　きのう　テレビに　うつりました。

哥哥昨天上電視了。

おこる [怒る] ② 自動 生氣

つまらない　ことで　おこりました。

因為無聊的事生氣了。

おちる [落ちる] ② 自動 落下

あきに　なると　はが　おちます。

一到秋天葉子就掉落。

おどる [踊る] ⓪ 自動 跳舞

うたを　うたいながら　おどります。

邊唱歌邊跳舞。

おどろく [驚く] ③ 自動 驚嚇

おどろいて　なにも　いえません。

因為嚇到，什麼都說不出來。

かつ [勝つ] ① 自動 贏

しあいに　かちます。

贏得比賽。

かまう [構う] ② 自動 關係、介意

ぜんぜん　かまいません。

完全沒關係。

かよう [通う] ⓪ 自動 往來、相通

わたしは　がっこうに　バスで　かよいます。

我搭巴士通學。

これは　たいちゅうへ　かようみちです。

這是往台中的道路。

かわく [乾く] ② 自動 乾

せんたくものが　かわきました。

洗的衣服乾了。

かわる [変わる] ⓪ 自動 變化

せんせいの　かみがたが　かわりました。

老師的髮型變了。

がんばる [頑張る] ③ 自動 加油、努力

かれは　ひとりで　がんばって　います。

他獨自努力著。

きまる [決まる] ⓪ 自動 決定

りょこうの　にっていが　きまりました。

旅行的日程決定了。

くれる［暮れる］ 0 自動 天黑、歲暮

ふゆは　はやく　ひが　くれます。

冬天太陽早下山。

あと　みっかで　としが　くれます。

再三天就年終了。

こむ［込む］ 1 自動 擁擠

しゅうまつの　えいがかんは　こんで　います。

週末的電影院很擁擠。

さわぐ［騒ぐ］ 2 自動 騷動

こうえんで　こどもたちが　さわいで　います。

公園裡孩子們嬉鬧著。

さわる［触る］ 0 自動 觸摸

えに　さわらないで　ください。

請不要觸摸畫。

すすむ［進む］ 0 自動 前進、進步

もくひょうに　むかって　すすみましょう。

朝著目標前進吧！

すむ［済む］ 1 自動 了結、結束

しごとが　ぶじに　すみました。

工作平安地結束了。

たつ [立つ] 1 自動 站、離開、有用

ちかくに　おおきな　ビルが　たちました。

附近大樓蓋好了。

ちんさんは　せきを　たちました。

陳同學離開座位了。

けいたいは　とても　やくに　たちます。

行動電話非常有用。

つく 1 自動 點、開（電器類）

がいとうの　あかりが　つきました。

街頭的燈亮了。

ひらく [開く] 2 自動 開（門窗等）

じどうドアが　ひらきました。

自動門開了。

つづく [続く] 0 自動 繼續

あめの　ひが　つづいて　います。

下雨的日子持續著。

とおる [通る] 1 自動 通過

やまみちを　とおります。

通過山路。

とまる [泊まる] 0 自動 住宿

ホテルに　とまりました。

投宿了旅館。

なおる［直る／治る］ ② 自動 修正、治癒

むすめの　わるい　くせが　なおりました。

女兒的壞習慣改正了。

びょうきが　なおりました。

病痊癒了。

なく［泣く］ ⓪ 自動 哭泣

いもうとは　すぐ　なきます。

妹妹很愛哭。

なくなる［無くなる／亡くなる］

⓪ 自動 沒了、死了

こめが　なくなりました。

米沒了。

かれの　おじいさんが　なくなりました。

他的祖父去世了。

なる［鳴る］ ⓪ 自動 發出聲響

でんわが　なって　います。

電話在響。

ねむる［眠る］ ⓪ 自動 睡覺

あかちゃんが　ねむって　います。

嬰兒正在睡覺。

のこる［残る］ ② 自動 剩下

おかねは　いくら　のこって　いますか。

還剩多少錢呢？

ひかる [光る] 2 自動 發光

ほしが　ひかります。

星光閃耀。

ふとる [太る] 2 自動 胖

このごろ　だいぶ　ふとりました。

近來胖了很多。

まにあう [間に合う] 3 自動 來得及

さいしゅうでんしゃに　まにあいました。

趕上最終電車。

まわる [回る] 0 自動 轉、繞圈、巡視

せんぷうきが　まわって　います。

電風扇轉著。

ちきゅうは　たいようの　まわりを　まわって　います。

地球繞著太陽的周圍轉著。

けいさつは　このへんを　まわって　います。

警察在這附近巡邏著。

みつかる [見つかる] 0 自動 被發現、找到

なくなったほんが　みつかりました。

不見的書找到了。

むかう [向かう] 0 自動 向、對

かがみに　むかって　けしょうします。

對著鏡子化妝。

もどる [戻る] 2 自動 返回

せきに もどりなさい。

回座位！

やむ [止む] 0 自動 （風、雨）停止

ゆきが やむまで まつしか ありません。

雪停為止，只能等待。

よる [寄る] 0 自動 靠近

ちかくに よって みましょう。

靠近點看吧！

よろこぶ [喜ぶ] 3 自動 高興

あねに こどもが できて みんな よろこんで います。

因為姊姊懷孕，大家很高興。

わく [沸く] 0 自動 沸騰

おゆが わきました。

熱水開了。

わらう [笑う] 0 自動 笑

わらったら かおが あかく なりました。

一笑臉就變紅了。

隨堂測驗

(1) 選出正確答案

( ) ① ＿＿＿＿やむ

1.丘む　　2.込む

3.止む　　4.正む

( ) ② ＿＿＿＿わらう

1.笑う　　2.笠う

3.笑う　　4.等う

(2) 填入正確單字

( ) ① けっこんの　ひにちが　＿＿＿＿か。

1. きめました　　2. のこりました

3. きまりました　　4. まわりました

( ) ② いそがないと　しちじの　でんしゃに

＿＿＿＿。

1. まにあいません　　2. さわぎません

3. やみません　　4. よりません

( ) ③ おきゃくさんが　もうすぐ　＿＿＿＿。

はやく　おちゃを　よういして　ください。

1. まいります　　2. いらっしゃいます

3. わらいます　　4. すきます

解答

(1) ① 3　② 1

(2) ① 3　② 1　③ 2

（二）第二類動詞
❶他動詞

さしあげる［差し上げる］
0 他動 給（「あげる」的謙讓語）
せんせいに　プレゼントを　さしあげます。
送禮給老師。

もうしあげる［申し上げる］
5 他動 說（「言(い)う」的謙讓語）
しゃちょうに　もうしあげます。
跟社長說。

あげる［上げる］ 0 他動 給、抬起
おいわいを　あげます。
送禮。
てを　あげます。
舉手。

さげる［下げる］ 2 他動 降低
ねだんを　さげます。
降低價格。

あつめる［集める］ 3 他動 集中
しゃいんを　かいぎしつに　あつめます。
把員工集合在會議室。

いじめる［苛める／虐める］⓪ 他動 欺負、虐待

せんぱいに　いじめられました。

遭學長欺負了。

うえる［植える］⓪ 他動 種植

こうえんに　きを　うえます。

把樹種在公園。

うける［受ける］② 他動 接受

ボールを　てで　うけました。

用手接球了。

かえる［変える］⓪ 他動 改變

いちを　かえます。

換位置。

かける［掛ける］② 他動 坐、讓人遭受、掛、打（電話）、戴

いすに　こしを　かけます。

坐在椅子上。

しんぱいを　かけました。

讓人擔心了。

かべに　えを　かけます。

把畫掛在牆上。

でんわを　かけます。

打電話。

めがねを　かけます。

戴眼鏡。

かたづける［片付ける］4 他動 整理、收拾

ほんを　かたづけて　ください。

請整理書籍。

かんがえる［考える］43 他動 想、思考

ひとりで　かんがえて　います。

一個人思考著。

きめる［決める］0 他動 決定

こころを　きめました。

心意已決。

くらべる［比べる］0 他動 比較

やまと　うみを　くらべます。

比較山和海。

しらせる［知らせる］0 他動 通知

しけんの　けっかを　しらせます。

通知考試的結果。

しらべる［調べる］3 他動 調查

かじの　げんいんを　しらべて　います。

正在調查火災的原因。

すてる［捨てる］0 他動 丟棄

ごみを　すてます。

丟垃圾。

そだてる [育てる] ③ 他動 養育

こどもを　<u>そだてます</u>。

養育小孩。

たずねる [尋ねる / 訪ねる]

③ 他動 尋找、訪問

えきの　ほうこうを　<u>たずねます</u>。

詢問車站的方向。

せんせいの　おたくを　<u>たずねます</u>。

拜訪老師的府上。

たてる [立てる / 建てる]

② 他動 立起、揚起、建造

うわさを　<u>たてます</u>。

散播謠言。

いえを　<u>たてます</u>。

建造房子。

つかまえる [捕まえる] ⓪ 他動 捉捕

どろぼうを　<u>つかまえました</u>。

逮捕到小偷了。

つける [付ける / 漬ける] ② 他動 加諸、浸泡

きを　<u>つけます</u>。

小心。

したぎを　みずに　<u>つけましょう</u>。

將內衣泡水吧。

つたえる [伝える] 0 他動 傳達

よろしく　つたえて　ください。

請代為問候。

つづける [続ける] 0 他動 持續不斷

にほんごの　べんきょうを　つづけて　います。

持續日語的學習。

つれる [連れる] 0 他動 帶著

こどもを　つれて　いきます。

帶著小孩前往。

とめる [止める] 0 他動 停止

あしを　とめます。

停下腳步。

とどける [届ける] 3 他動 送到

しなものを　ごじまえに　とどけて　ください。

請在五點以前，將東西送抵。

とりかえる [取り替える] 0 他動 交換

ともだちと　ようふくを　とりかえます。

和朋友交換衣服。

はじめる [始める] 0 他動 開始

しごとを　はじめましょう。

開始工作吧！

ほめる [褒める] ② 他動 讚美

このえいがは　おおくの　ひとに　<u>ほめられました</u>。

這部電影被很多人讚美了。

のりかえる [乗り換える] ④③ 他動 轉乘

でんしゃを　おりてから、バスに　<u>のりかえます</u>。

下了電車之後，轉乘公車。

まちがえる [間違える] ④③ 他動 弄錯

みちを　<u>まちがえました</u>。

弄錯路了。

みつける [見付ける] ⓪ 他動 找到

おとしたさいふを　<u>みつけました</u>。

找到掉了的錢包。

むかえる [迎える] ⓪ 他動 迎接

えがおで　おきゃくさんを　<u>むかえましょう</u>。

用笑容迎接客人吧！

なげる [投げる] ② 他動 投擲

ピッチャーが　ボールを　<u>なげました</u>。

投手投了球。

やめる [止める] ⓪ 他動 停止

タバコを　<u>やめます</u>。

戒菸。

隨堂測驗

(1) 選出正確答案

(　) ① ＿＿＿＿やめる
1.止める　　2.正める
3.出める　　4.上める

(　) ② ＿＿＿＿つたえる
1.化える　　2.件える
3.伝える　　4.任える

(　) ③ ＿＿＿＿続ける
1. づづける　　2. づつける
3. つづける　　4. つつける

(2) 填入正確單字

(　) ① かぞくを　＿＿＿＿　りょこうへ　いきます。
1. さげて　　2. つけて
3. つかまえて　　4. つれて

(　) ② ねだんを　＿＿＿＿から、やすい　ほうを　かいました。
1. くらべて　　2. むかえて
3. みつけて　　4. すてて

(　) ③ ちきゅうの　ために、きを　たくさん　＿＿＿＿。
1. つたえましょう　　2. うえましょう
3. いじめましょう　　4. うけましょう

解答

(1) ① 1　② 3　③ 3

(2) ① 4　② 1　③ 2

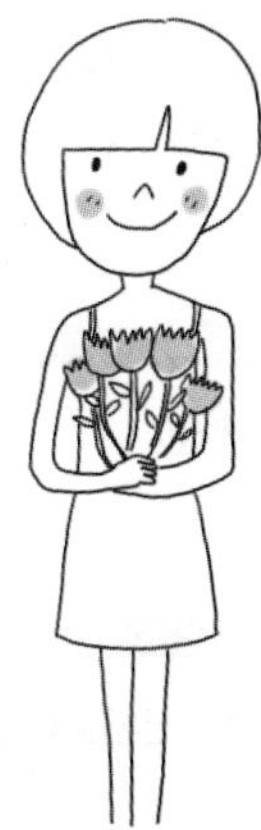

（二）第二類動詞
❷自動詞

いきる［生きる］ ② 自動 活著、生存

かならず　いきて　かえります。

一定活著回來。

おりる［下りる／降りる］ ② 自動 下降、下車

にかいから　おります。

從二樓下來。

くるまから　おります。

下車。

おくれる［遅れる］ ⓪ 自動 遲到、晚了

でんしゃが　にじかんも　おくれました。

電車晚了有二個小時。

きこえる［聞こえる］ ⓪ 自動 聽得見

とおくて　きこえません。

太遠了聽不見。

おれる［折れる］ ② 自動 折斷

つよい　かぜで　きが　おれました。

因為強風，樹都折斷了。

こわれる [壊れる] ③ 自動 毀壞

じしんで　いえが　こわれました。

因為地震，房子壞了。

すぎる [過ぎる] ② 自動 經過、通過

もう　やくそくの　じかんが　すぎました。

已經過了約定的時間。

すべる [滑る] ② 自動 滑

みちが　すべるから　ちゅういしなさい。

因為路滑，要小心！

たおれる [倒れる] ③ 自動 倒塌、病倒

つよい　かぜで　いえが　たおれました。

因為強風，屋子倒了。

かれは　しごとの　ときに　たおれました。

他在工作的時候病倒了。

たりる [足りる] ⓪ 自動 足夠

にせんえん　あれば　たります。

有二千日圓的話就夠。

できる [出来る] ② 自動 做好

しょくじが　できました。

飯菜做好了。

なれる [慣れる] 2 自動 習慣

だいがくの　せいかつに　なれました。

習慣大學的生活了。

にげる [逃げる] 2 自動 逃跑

とらが　どうぶつえんから　にげました。

老虎從動物園逃跑了。

にる [似る] 0 自動 相似

むすめさんは　おかあさんに　にて　いますね。

您女兒很像媽媽呢。

ぬれる [濡れる] 0 自動 弄濕

あめに　ぬれました。

被雨弄濕了。

ひえる [冷える] 2 自動 變冷、變涼

おゆが　ひえました。

熱水變涼了。

ふえる [増える] 2 自動 增加

じんこうが　ふえました。

人口增加了。

まける [負ける] 0 自動 輸

やきゅうの　しあいで　まけました。

在棒球的比賽上輸了。

みえる [見える] ② 自動　看得見

うみが　みえます。

看得到海。

やける [焼ける] ⓪ 自動　著火、（皮膚）曬黑

いえが　やけました。

房子著火了。

やせる [痩せる] ⓪ 自動　瘦

なつが　くるまえに　もう　すこし　やせたいです。

夏天來臨之前，想再瘦一點。

ゆれる [揺れる] ⓪ 自動　搖晃

ふねが　ゆれて　います。

船搖晃著。

よごれる [汚れる] ⓪ 自動　弄髒

しろい　ふくは　すぐ　よごれます。

白色衣服馬上弄髒。

わかれる [別れる] ③ 自動　分別、分手

かれしと　いちねんまえに　わかれました。

和男朋友在一年前分手了。

われる [割れる] ⓪ 自動　裂開、碎

ガラスが　われて　しまいました。

玻璃碎掉了。

隨堂測驗

(1) 選出正確答案

( ) ① ________增える
1. そえる　2. まいる
3. かえる　4. ふえる

( ) ② ________にる
1.似る　2.保る
3.位る　4.依る

( ) ③ ________逃げる
1. とげる　2. まげる
3. にげる　4. やげる

(2) 填入正確單字

( ) ① パソコンが　________から、レポートは　てがきに　しました。
1. こわれた　2. よごれた
3. まけた　4. たおれた

( ) ② そとに　でると　ひに　________ので、でません。
1. ひえる　2. すべる
3. やける　4. にげる

( ) ③ まどが　________、かぜが　はいって　きます。
1. みえて　2. われて
3. すぎて　4. ゆれて

解答

(1) ① 4　② 1　③ 3

(2) ① 1　② 3　③ 2

名詞
形容詞
副詞
動詞
接續詞
招呼語
其他
模擬試題

（三）第三類動詞
❶ 他動詞

はいけんする [拝見する]
0 他動 拜讀、拜見（「見(み)る」的謙讓語）

おてがみを　はいけんしました。
拜讀了您的信。

てそうを　はいけんしましょう。
（我來）看您的手相吧！

あんないする [案内する] 3 他動 導引
みちを　あんないして　ください。
請導引路。

うんてんする [運転する] 0 他動 駕駛
じどうしゃを　うんてんします。
開汽車。

えんりょする [遠慮する]
0 他動 有所顧慮、迴避

てんないでは　タバコは　えんりょして　ください。
在店裡請勿吸菸。

けいかくする [計画する] 0 他動 計劃
コンサートを　けいかくします。
計劃演唱會。

けいけんする［経験する］⓪ 他動　經驗

はげしい　こいを　<u>けいけんしたい</u>です。

想經歷轟轟烈烈的戀愛。

けんぶつする［見物する］⓪ 他動　參觀

ビールこうじょうを　<u>けんぶつします</u>。

參觀啤酒工廠。

けんきゅうする［研究する］⓪ 他動　研究

けいざいの　もんだいを　<u>けんきゅうします</u>。

研究經濟的問題。

じゅんびする［準備する］① 他動　準備

しけんに　むけて　<u>じゅんびして</u>　います。

朝考試準備著。

しょうかいする［紹介する］⓪ 他動　介紹

わたしの　かれしを　<u>しょうかいします</u>。

介紹我的男朋友。

しょうたいする［招待する］① 他動　招待

しょくじに　<u>しょうたいします</u>。

招待用餐。

しょうちする［承知する］⓪ 他動　知悉、饒恕

そのけんに　ついては　<u>しょうちして</u>　います。

關於那件事情知道了。

しんぱいする [心配する] 0 自他動 擔心

ははは　わたしの　しょうらいを　しんぱいして　います。

媽媽擔心著我的未來。

せいさんする [精算する] 0 他動 清算、結帳

りょうきんを　せいさんして　ください。

請結算費用。

せわする [世話する] 2 他動 照顧

せんぱいは　こうはいを　せわします。

學長學姊照顧學弟學妹。

そうだんする [相談する] 0 他動 商量

ともだちと　そうだんしましょう。

和朋友商量吧！

ちゅうしゃする [注射する] 0 他動 打針

くすりを　ちゅうしゃします。

注射藥物。

ちゅうしする [中止する] 0 他動 中止、停止

にほんへ　いくけいかくは　ちゅうししました。

到日本的計畫中止了。

ほうそうする［放送する］0 他動 播放

ニュースを　<u>ほうそうします</u>。

播放新聞。

ほんやくする［翻訳する］0 他動 翻譯

えいごを　にほんごに　<u>ほんやくします</u>。

把英文翻譯成日語。

やくそくする［約束する］0 他動 約定

せいこうを　<u>やくそくします</u>。

約定要成功。

ゆしゅつする［輸出する］0 他動 出口

にほんに　バナナを　<u>ゆしゅつします</u>。

出口香蕉到日本。

ゆにゅうする［輸入する］0 他動 進口

フランスから　しょくりょうひんを
<u>ゆにゅうします</u>。

從法國進口食品。

よういする［用意する］1 他動 準備

りょこうに　つかうものを　<u>よういします</u>。

準備旅行會用到的東西。

りようする [利用する] 0 他動 利用

いらないものを　りようして　ください。

請利用不要的東西。

れんらくする [連絡する] 0 他動 聯絡

けいさつに　れんらくしなさい。

聯絡警察。

チェックする 1 他動 確認

こたえを　もう　いちど　チェックしましょう。

再一次確認答案吧！

隨堂測驗

(1) 選出正確讀音

( ) ① ________経験する
1. けえけんする　2. けいけんする
3. けいげんする　4. けえげんする

( ) ② ________世話する
1. せわする　2. せいわいする
3. せいわする　4. せっわする

( ) ③ ________招待する
1. しょうたいする　2. しょたいする
3. しょうだいする　4. しょだいする

(2) 填入正確單字

(　) ①「Thank you」を　にほんごに
　　　　_______すると、「ありがとう」です。

1. ようい　　2. やくそく
3. あんしん　　4. ほんやく

(　) ② そんなことを　したら、_______。

1. しょうちしません　　2. こしょうしません
3. ちゅういしません　　4. しょくじしません

(　) ③ けっかが　わかったら、すぐに
　　　　_______　ください。

1. びっくりして　　2. れんらくして
3. きょうそうして　　4. りようして

解答

(1) ① 2　② 1　③ 1
(2) ① 4　② 1　③ 2

（三）第三類動詞

❷自動詞

あいさつする［挨拶する］ 1 自動 打招呼

せきを　たって　あいさつしました。

從位子上站起來打了招呼。

あんしんする［安心する］ 0 自動 安心

けんさの　けっかを　きいて　あんしんしました。

聽到檢查的結果安心了。

うんどうする［運動する］ 0 自動 運動

やせるため　まいにち　うんどうします。

為了瘦下來，每天運動。

きょうそうする［競争する］ 0 自動 競爭

かんこくの　しょうひんと　きょうそうします。

和韓國的商品競爭。

けんかする［喧嘩する］ 0 自動 爭吵、打架

ふたりは　いつも　けんかして　います。

二個人老是吵架。

けがする［怪我する］ 2 自動 受傷

たかい　ところから　おちて　けがしました。

從高處掉下來受了傷。

げしゅくする [下宿する] 0 自動 租房子住

がっこうの　ちかくに　げしゅくして　います。

在學校附近租房子住。

こしょうする [故障する] 0 自動 故障

くるまが　こしょうしました。

車子故障了。

しっぱいする [失敗する] 0 自動 失敗

けいかくが　しっぱいしました。

計畫失敗了。

したくする [支度する / 仕度する] 0 自動 預備

じかんですから、はやく　したくしなさい。

時間到了，趕快準備！

しつれいする [失礼する] 2 自動 失禮

へんじが　おくれて　しつれいしました。

回覆晚了，失禮了。

しゅっせきする [出席する] 0 自動 出席

あした　パーティーに　しゅっせきします。

明天出席宴會。

しゅっぱつする [出発する] 0 自動 出發

あす　とうきょうへ　しゅっぱつします。

明日出發到東京。

しょくじする［食事する］ 0 自動 用餐

レストランで　しょくじします。

在餐廳用餐。

せいかつする［生活する］ 0 自動 生活

やすい　きゅうりょうで　せいかつして　います。

靠微薄的薪水度日。

せんそうする［戦争する］ 0 自動 戰爭

せんそうするのは　よく　ありません。

戰爭不好。

そつぎょうする［卒業する］ 0 自動 畢業

きょねん　だいがくを　そつぎょうしました。

去年大學畢業了。

たいいんする［退院する］ 0 自動 出院

ちちは　もうすぐ　たいいんします。

父親即將出院。

ちゅういする［注意する］ 1 自動 注意

よみちは　ちゅういして　あるきなさい。

走夜路要小心。

にゅういんする［入院する］ 0 自動 住院

びょうきで　にゅういんしました。

因病住了院。

にゅうがくする［入学する］0 自動 入學

らいねん　こうこうに　にゅうがくします。

明年高中入學。

はんたいする［反対する］0 自動 反對

かれは　かいしゃの　きそくに　はんたいして　います。

他在反對公司的規定。

びっくりする 3 自動 驚嚇

そのニュースを　きいて　びっくりしました。

聽到那則新聞嚇了一跳。

へんじする［返事する］3 自動 回話

なまえを　よばれたら　へんじしなさい。

被叫到名字的話要回話！

隨堂測驗

（1）選出正確讀音

（　）① ＿＿＿＿卒業する

1. そつきょうする　　2. そつぎょする
3. そつぎょうする　　4. そつきょする

（　）② ＿＿＿＿食事する

1. しゅくじする　　2. しょくじする
3. しゃくじする　　4. しよくじする

（　）③ ＿＿＿＿故障する
1. ごしょうする　　2. こしょうする
3. ごうしょうする　4. こうしょうする

（2）填入正確單字

（　）① せんぱいの　けっこんしきに　＿＿＿＿か。
1. にゅうがくしません
2. やくそくしません
3. しゅっせきしません
4. あんしんしません

（　）② げんきに　なったので、あす　＿＿＿＿。
1. にゅういんします　2. はんたいします
3. びっくりします　4. たいいんします

（　）③ しゅっぱつするまえに、もう　いちど
くるまを　＿＿＿＿。
1. チェックします　2. ガスします
3. きょうそうします　4. しっぱいします

解答

（1） ① 3　② 2　③ 2
（2） ① 3　② 4　③ 1

五

接續詞

　　歷年來都不曾消失於試題中的接續詞考題，主要是測驗讀者對於句意的掌握，由於出題次數頻繁，請好好理解並牢記各個接續詞的用法，必定能為您多拿好幾分！

接續詞

だから 1 接續 因此、所以

たいふうが　きました。だから　がっこうは　やすみです。

颱風來了。所以學校休息。

これから 0 接續 今後、從現在起

これから　でかけるところです。

現在正要出門。

すると 0 接續 於是

でんきを　けしました。すると　なにも　みえなく　なりました。

把電燈關了。於是變得什麼都看不見了。

それで 0 接續 因此、所以、後來、那麼

あめが　ふりました。それで　しあいは　ちゅうしに　なりました。

下雨了。所以比賽中止了。

それで　あなたは　なんと　いいましたか。

那麼你說了什麼呢？

それでも 3 接續 儘管如此

あした　テストが　あります。それでも　かれは　あそびに　でかけました。

明天有考試。儘管如此他還是出去玩了。

それなのに 3 接續 儘管～還是～

みちを　くわしく　おしえました。それなのに　かれは　まよって　しまいました。

詳細地報路了。儘管如此他還是迷路了。

それとも 3 接續 或者、還是

でんしゃで　いきますか。それとも　バスで　いきますか。

搭電車去呢？還是搭公車去呢？

または 2 接續 或是

ペン　または　えんぴつで　かいて　ください。

請用鋼筆或鉛筆寫。

それに 0 接續 而且

のどが　かわきました。それに　おなかも　すきました。

口渴了。而且肚子也餓了。

けれど / けれども 1 / 1 接續 然而、但是

いっしょうけんめい　べんきょうしました。けれども　せいせきは　わるいです。

拚命的唸書了。然而成績很差。

ところが ③ 接續 可是

かいものに　でかけました。ところが　おかねが　ありませんでした。

出去買東西了。可是沒帶錢。

ところで ③ 接續 （突然轉變話題）對了

ところで　いっしょに　のみに　いきませんか。

對了，要不要一起去喝一杯？

隨堂測驗

填入正確單字

（　）① ゆきが　ふりました。＿＿＿＿　まちは　しろく　なりました。

1. すると　2. ところで
3. けれど　4. または

（　）② きょうは　てんきが　いいし、＿＿＿＿　かぜが　ふいて　いて　きもちが　いいです。

1. それでも　2. それに
3. または　4. けれども

（　）③ かぜを　ひきました。＿＿＿＿　がっこうを　やすみました。

1. ところが　2. ところで
3. だから　4. それでも

解答

① 1　② 2　③ 3

六

招呼語

最生活化也最基礎的就屬招呼語了！只要熟記這些常用的招呼語，並把握招呼語經常出現於句首句尾的秘訣，有關此類的對話考題，一定也能輕鬆解決！

打招呼

いってらっしゃい。

（對外出者說的）請慢走。

いって　きます。

（出門時說的）我走了。

いってらっしゃいませ。

（對外出者說的話，比「いってらっしゃい」更為客氣）請慢走。

いって　まいります。

（出門時說的話，比「いってきます」更為客氣）我走了。

おかえりなさい。

（對返家者說的話）您回來了啊。

ただいま。

（返家者說的話）我回來了。

よく　いらっしゃいました。

（對訪客的寒暄用語）歡迎您的到來。

おかげさまで。
托您的福。

おひさしぶりです。
好久不見。

おだいじに。
（針對病人說的話）請保重。

おまたせしました。
讓您久等了。

おめでとう　ございます。
恭喜您。

かしこまりました。
（謙卑的用語）了解了。

それは　いけませんね。
這樣不行喔。

隨堂測驗

請選出適當用語，完成對話

（　）① A：＿＿＿＿。
B：ただいま。
1. いってらっしゃい
2. いって　きます
3. それは　いけませんね
4. おかえりなさい

（　）② A：ひさしぶりですね。おげんきですか。
B：はい、＿＿＿＿　げんきです。
1. おかげさまで
2. おまたせしました
3. かしこまりました
4. ただいま

（　）③ A：かぜを　ひいたようです。のどが　いたいです。
B：＿＿＿＿。
1. おめでとう　ございます
2. しつれいします
3. おかげさまで
4. おだいじに

解答

① 4　② 1　③ 4

七

其他

易考的接頭、接尾語、複合用字、連語、敬語和易混淆的複意、複音字，以及最容易被誤用的自動詞和他動詞，在這裡有系統性的整理，讓您快速瀏覽、輕鬆破解！

（一）接頭、接尾語

ご～［御～］ 接頭　放在名詞字首，使名詞敬語化

ごりょうしんは　どちらですか。

請問令尊令堂在哪呢？

～おき［～置き］ 接尾　每隔～

このくすりは　よじかんおきに　のみます。

這個藥隔四個小時吃。

～かた［～方］ 接尾　～方法

おいしい　ケーキの　つくりかたを　おしえてください。

請教我好吃蛋糕的作法。

～くん［～君］ 接尾　～君（對男子的稱呼）

やまだくんの　へやは　とても　きれいです。

山田君的房間很乾淨。

～ちゃん 接尾　「さん」的暱稱

たまちゃんは　わたしの　ともだちです。

小玉是我的朋友。

～さま［～様］ 接尾　「さん」的敬語

なかやまさまは　いらっしゃいますか。

請問中山先生在嗎？

～いん [～員] 接尾 ～職員

あねは　ぎんこういんです。

姊姊是銀行職員。

～か [～家] 接尾 ～家

かれは　ゆうめいな　おんがくかです。

他是有名的音樂家。

～かい [～会] 接尾 ～會

じゅうにがつに　ぼうねんかいを　おこないます。

十二月的時候舉行忘年會。

～がくぶ [～学部] 接尾 ～學院

あのこは　ほうりつがくぶの　がくせいです。

那個孩子是法律學院的學生。

～しき [～式] 接尾 ～式

にほんしきの　やりかたで　おこないます。

以日本式的做法進行。

～せい [～製] 接尾 ～製

あのじどうしゃは　ドイツせいです。

那台車是德國製。

～め [～目] 接尾 用於數詞後面，表示順序，第～

にほんに　きて　ことしで　さんねんめに
なります。

來到日本，今年是第三年。

～く［～区］接尾 ～區（日本行政區單位）

わたしは　しんじゅくくにししんじゅくに　すんでいます。

我住在新宿區西新宿。

～ちょう［～町］接尾 ～町（日本行政區單位）

だいかんやまちょうに　ひっこしました。

搬到代官山町了。

～にくい［～難い］

接尾 難～、不方便～（接在動詞連用形之後）

あたらしい　くつは　あるきにくいです。

新鞋難走。

～やすい［～易い］

接尾 好～、方便～（接在動詞連用形之後）

このきょうかしょは　わかりやすいです。

這本教科書容易懂。

～だて［～建て］接尾 ～（樓房的）層

うちは　さんがいだてです。

我家是三層樓的建築物。

隨堂測驗

選出正確答案

(　) ① カメラの　＿＿＿＿を　おしえて
ください。
1. つかいがた　　2. つかいかた
3. つかいしき　　4. つかいふう

(　) ② ふくを　ふつかかん＿＿＿＿に
せんたくします。
1. ずつ　　2. ごろ
3. とき　　4. おき

(　) ③ ちちの　くるまは　にほん＿＿＿＿です。
1. かた　　2. すぎ
3. せい　　4. しき

解答

① 2　② 4　③ 3

（二）複合用字

～おわる [～終わる]
補動　結束～（接在動詞連用形之後）

しゅくだいは　もう　すこしで　かきおわります。

作業再一點點就寫完。

～はじめる [～始める]
補動　開始～（接在動詞連用形之後）

さいきん　いけばなを　ならいはじめました。

最近開始學插花了。

～すぎる [～過ぎる]
補動　～過多（接在動詞連用形之後）

たべすぎて　おなかが　いたいです。

吃太多肚子痛。

～だす [～出す]
補動　～出來（接在動詞連用形之後）

あかちゃんが　とつぜん　なきだしました。

嬰兒突然哭了起來。

隨堂測驗

選出正確答案

(　) ① のみ＿＿＿＿、あたまが　いたいです。
1. だして　　2. かえて
3. すぎて　　4. おきて

(　) ② あかちゃんは　おかあさんの　かおを　みて　わらい＿＿＿＿。
1. だしました　　2. でました
3. わたしました　　4. おくりました

(　) ③ たべ＿＿＿＿、すぐに　しゅくだいを　しなさい。
1. すぎたら　　2. はじめたら
3. だしたら　　4. おわったら

解答

① 3　② 1　③ 4

（三）連語、敬語

～（に）ついて 連語 就～而言

このもんだいに　ついて、しつもんが　ありますか。

就這個問題而言，有提問嗎？

～（に）よると 連語 根據～

てんきよほうに　よると、あしたは　はれです。

根據氣象預告，明天是晴天。

～ございます 敬語 「ある」（有）以及補助動詞「ある」的鄭重說法

また　たくさん　ございますので、

ごえんりょしないで　ください。

還有很多，請您別客氣。

ありがとう　ございます。

謝謝。

ごらんになる［ご覧になる］

敬語 看（「みる」的尊敬語）

このぶんしょうは　もう

ごらんに　なりましたか。

這篇文章您已經看過了嗎？

おいでになる 敬語 出席

こんどの　かいぎは　おいでに　なりますか。

您會出席這次會議嗎？

～て（で）しまう 連語 已經（表示完了）

おとうとが　わたしの　ケーキを

たべて　しまいました。

弟弟把我的蛋糕吃掉了。

～ばかり 副助 光～、剛～

にくばかり　たべないで　やさいも　たべなさい。

不要光吃肉，也要吃蔬菜。

いま　かえったばかりです。

現在剛回來。

できるだけ [出来るだけ] 連語 盡可能

できるだけ　いそいで　ください。

請盡可能快一些。

かわりに [代わりに] 連語 代替

りんさんの　かわりに　わたしが　きました。

我代替林先生來了。

隨堂測驗

選出正確答案

（　）① たなかさんの　てがみを　＿＿＿＿か。
1. ごらんに　なります
2. いらっしゃいます
3. おいでに　なります
4. はいけんします

（　）② ニュースに　＿＿＿＿、たいふうが　もうすぐ　くるそうです。
1. みると　2. いると
3. よると　4. すると

（　）③ あきの　りょこうに　＿＿＿＿、なにか　しつもんは　ありますか。
1. づいて　2. ついて
3. つけて　4. ついで

解答

① 1　② 3　③ 2

（四）複意、複音字
❶名詞

かみ [髪] ② 名 頭髮

[紙] ② 名 紙

と [都] ① 名 都（日本行政區單位）

[戸] ⓪ 名 門

は [歯] ① 名 牙齒

[葉] ⓪ 名 葉子

ひ [日] ① 名 天、日子

[火] ① 名 火

きかい [機会] ②⓪ 名 機會

[機械] ② 名 機械

～かい [～会] 接尾 ～會

[～回] 接尾 ～回、～次

[～階] 接尾 ～樓

（四）複意、複音字
❷ 動詞

空く［あく］⓪ 自動 空、騰出
　　［すく］⓪ 自動 空

あう［会う］① 自動 見面
　　［合う］① 自動 合適

あく［空く］⓪ 自動 空、騰出
　　［開く］⓪ 自動 開（門）

すむ［住む］① 自動 住
　　［済む］① 自動 了結、結束

なる［成る］① 自動 成為
　　［鳴る］⓪ 自動 發出聲響

おりる［降りる］② 自動 下車
　　　［下りる］② 自動 下降、由高處往下移動

かえる［帰る］① 自動 回去
　　　［変える］⓪ 他動 改變

おる［居る］① 自動 有、在

［折る］① 他動 折

隨堂測驗

選出正確答案

(1) ともだちに　あうので、つぎの　えきを
①
おります。
②

(　) ① ＿＿＿あう
1.愛う　2.会う
3.合う　4.今う

(　) ② ＿＿＿おります
1.降ります　2.折ります
3.織ります　4.居ります

(2) これは　とても　めずらしい　きかいです。
①
とうきょうとにも　にだいしか
②
ないそうです。

(　) ① ＿＿＿きかい
1.気会　2.機械
3.機会　4.気械

(　) ② ＿＿＿とうきょうと
1.東京戸　2.東京報
3.東京郵　4.東京都

(3) にちようびは　いえに　おります。しごとが
①
すんだら、でんわして　ください。
②

(　) ① ________おります
1.織ります　　2.居ります
3.下ります　　4.折ります

(　) ② ________すんだ
1.棲んだ　　2.住んだ
3.清んだ　　4.済んだ

解答

(1) ① 2　② 1
(2) ① 2　② 4
(3) ① 2　② 4

(五)自、他動詞組

自動詞	中文翻譯	他動詞	中文翻譯
集(あつ)まる	聚集	集(あつ)める	集中、收集
決(き)まる	決定	決(き)める	決定
変(か)わる	變化	変(か)える	改變
起(お)きる	發生、起來	起(お)こす	引起、喚醒
点(つ)く	點、開	※点(つ)ける	點燃
続(つづ)く	繼續	続(つづ)ける	持續
直(なお)る	復原、改正	直(なお)す	改正
上(あ)がる	上	上(あ)げる	提高、提升
下(さ)がる	下降	下(さ)げる	降低
※止(と)まる	停止	止(と)める	停、關上
止(や)む	停止	止(や)める	停止、作罷
壊(こわ)れる	壞	壊(こわ)す	弄壞
見(み)つかる	找到、發現	見(み)つける	找出、發現
見(み)える	看得見	※見(み)る	看
沸(わ)く	沸騰	沸(わ)かす	煮開、燒開

自動詞	中文翻譯	他動詞	中文翻譯
落(お)ちる	落下	落(お)とす	掉落
※渡(わた)る	渡過、到手	※渡(わた)す	渡過、交遞
※始(はじ)まる	開始、起因	※始(はじ)める	（事物的）開始、開創
※入(はい)る	進入	※入(い)れる	裝入、放入
※出(で)る	出去	※出(だ)す	送出
※並(なら)ぶ	排隊	※並(なら)べる	排列、擺
※消(き)える	消失、熄滅	※消(け)す	關（電器）
※開(あ)く	開（門）	※開(あ)ける	打開

※為N5範圍的動詞

隨堂測驗

選出正確答案

(1) じしんが ＿＿①＿＿、たてものが ＿＿②＿＿。

(　) ① ＿＿＿＿

1. おきて　　2. おこして

(　) ② ＿＿＿＿

1. こわしました　　2. こわれました

(2) あめが　＿＿①＿＿から、いっしょに　そとで　にじを　＿＿②＿＿。

(　) ①＿＿＿＿
1. やんだ　　2. やめた

(　) ②＿＿＿＿
1. みましょう　　2. みえましょう

(3) にんずうが　どんどん　＿＿①＿＿、せきが　ぜんぜん　＿＿②＿＿。

(　) ①＿＿＿＿
1. かわって　　2. かえて

(　) ②＿＿＿＿
1. きまりません　　2. きめません

解答

(1) ① 1　② 2
(2) ① 1　② 1
(3) ① 1　② 1

八

模擬試題＋完全解析

就要上考場了嗎？好好將之前的題目都瀏覽過一遍之後，抱著沉穩應戰的心情，拿起2B鉛筆來寫一次模擬考題吧！最後請檢視您最容易犯下錯誤的題型，將它好好再複習一遍，明天要合格，絕不只是夢想！

（八）模擬試題十完全解析

❶模擬試題第一回

もんだい 1

＿＿の　ことばは　どう　よみますか。1・2・3・4 から　いちばん　いい　ものを　ひとつ　えらんで ください。

（　）① 雨の　場合、しあいは　ちゅうしです。
1. じょうごう　　2. ばあい
3. ばごう　　4. ばしょ

（　）② じしょは　いま　手元に　ない。
1. でもと　　2. でもど
3. てもと　　4. てもど

（　）③ さいふを　引き出しに　いれます。
1. ひきだし　　2. ひきでし
3. ひきたし　　4. ひきてし

（　）④ 看護師さんは　とても　やさしいです。
1. かんごふ　　2. かんふし
3. かんごうし　　4. かんごし

（　）⑤ しゃいんを　かいぎしつに　集めます。
1. あつめます　　2. とどめます
3. きめます　　4. とめます

（　）⑥ しけんの　ため、一生懸命 べんきょうします。
1. いっしょけんめい　　2. いっしょうけいめい
3. いっしょうけんめい　　4. いっしょけいめい

(　) ⑦ かれは　よく　つまらない　ことで
怒ります。
1. さがります　　2. はしります
3. おこります　　4. しかります

(　) ⑧ 正しい　ことを　するべきです。
1. たたしい　　2. まさしい
3. まぶしい　　4. ただしい

(　) ⑨ 空港まで　むかえに　いきましょう。
1. くうこう　　2. くうこい
3. そらこう　　4. みなとい

もんだい 2

＿＿の　ことばは　どう　かきますか。1・2・3・4 から　いちばん　いい　ものを　ひとつ　えらんで ください。

(　) ① こんかいの　しけんは　わりあいに
かんたんでした。
1. 独合に　　2. 創合に
3. 得合に　　4. 割合に

(　) ② さいきんは　きもちの　いい　てんきが
つづいて　います。
1. 気持ち　　2. 気待ち
3. 気立ち　　4. 気満ち

(　) ③ おおきい　おとが　したので、
おどろきました。
1. 夫　　2. 音
3. 声　　4. 糸

（　）④ にほんの　はちがつは　あついです。
1.厚い　　2.暑い
3.熱い　　4.圧い

（　）⑤ たいふうの　ため、やさいの　ねだんが　あがりました。
1.下がりました　　2.挙がりました
3.揚がりました　　4.上がりました

（　）⑥ テレビの　ニュースで　かれの　じこを　しりました。
1.自故　　2.事故
3.死故　　4.視故

もんだい3

＿＿に　なにを　いれますか。1・2・3・4から　いちばん　いい　ものを　ひとつ　えらんで　ください。

（　）① ＿＿＿で、ビルが　たおれました。
1. ちり　　2. てんき
3. あめ　　4. じしん

（　）② 家族を　＿＿＿　旅行へ　いきます。
1. さげて　　2. つけて
3. つかまえて　　4. つれて

（　）③ ＿＿＿に　くまが　います。
1. うみ　　2. もり
3. いし　　4. くさ

(　) ④ うるさいですね。だれが　＿＿＿
いるんですか。
1. おどろいて　2. さわいで
3. びっくりして　4. はなして

(　) ⑤ A「すみません。資料を　家に　忘れて
きて　しまいました」
B「そう、＿＿＿」
1. ごめんなさい　2. しかたが　ないね
3. だめに　なったよ　4. あんしんしたよ

(　) ⑥ それは　ずいぶん　＿＿＿の　話です。
1. このまえ　2. このあいだ
3. ひさしぶり　4. むかし

(　) ⑦ では、木曜日　お宅に　＿＿＿。
1. ごらんに　なります　2. うかがいます
3. いらっしゃいます　4. おまちして　います

(　) ⑧ これから　そちらに　＿＿＿から、もう
ちょっと　まって　くれませんか。
1. むかえます　2. むかいます
3. つづきます　4. とどきます

(　) ⑨ ＿＿＿では　たとえば　ワインが
すきです。
1. ガソリン　2. アルコール
3. ガス　4. サラダ

(　) ⑩ この問題に　ついて　＿＿＿　思いますか。
1. なぜ　2. どう
3. どんな　4. どうやって

もんだい４

＿＿の　ぶんと　だいたい　おなじ　いみの　ぶんが　あります。1・2・3・4から　いちばん　いい　ものを　ひとつ　えらんで　ください。

（　）① でんわばんごうを　おしえて　ください。
1. でんわばんごうを　しらせて　ください。
2. でんわばんごうを　かえて　ください。
3. でんわばんごうを　きめて　ください。
4. でんわばんごうを　くらべて　ください。

（　）② きょうしつに　がくせいが　のこって　います。
1. がくせいは　きょうしつに　まだ　います。
2. がくせいは　きょうしつに　もう　いない。
3. きょうしつで　がくせいが　べんきょうして　います。
4. きょうしつで　がくせいが　ほんを　よんで　います。

（　）③ やまだ「ふじさんに　のぼったことが　あります」
1. やまださんは　ふじさんに　のぼりたいです。
2. やまださんは　ふじさんに　のぼりました。
3. やまださんは　ふじさんに　のぼりませんでした。
4. やまださんは　ふじさんに　のぼりたくないです。

（　）④ このでんしゃは　いつも　すいて　います。
1. このでんしゃは　いつも　やすいです。
2. このでんしゃは　いつも　きれいです。
3. このでんしゃは　いつも　じかんが　おくれます。
4. このでんしゃは　いつも　ひとが　すくないです。

（　）⑤ わたしは　せんぱいに　ほんを　かして　もらいました。
1. せんぱいは　わたしに　ほんを　かりて　もらいました。
2. せんぱいは　わたしに　ほんを　かして　あげました。
3. せんぱいは　わたしに　ほんを　かして　くれました。
4. せんぱいは　わたしに　ほんを　かりて　くれました。

もんだい 5

つぎの　ことばの　つかいかたで　いちばん　いい　ものを　1・2・3・4 から　ひとつ　えらんで　ください。

（　）① けんがく
1. きのう　ともだちと　大きな　もりを　けんがくしました。
2. きのう　テレビで　にほんの　ニュースを　けんがくしました。
3. きのう　家族と　いなかを　けんがくしました。

4. きのう　しごとで　車の　こうじょうを<u>けんがく</u>しました。

(　) ② だんだん

1. てんきは　<u>だんだん</u>　あたたかくなります。
2. <u>だんだん</u>　あつい　ふくを　きなさい。
3. はるが　<u>だんだん</u>　きます。
4. にもつを　<u>だんだん</u>　かたづけます。

(　) ③ はず

1. がっこうを　やすみました。びょうきの<u>はず</u>です。
2. せんせいは　もう　きて　いる<u>はず</u>です。
3. がくせいは　よくべんきょうする<u>はず</u>です。
4. ふたりは　どんな　<u>はず</u>ですか。

(　) ④ はなみ

1. <u>はなみ</u>の　れんしゅうはさんじからです。
2. きのう　テレビで　<u>はなみ</u>を　みました。
3. にほんへ　<u>はなみ</u>に　いきませんか。
4. あねは　<u>はなみ</u>の　せんせいです。

(　) ⑤ うつくしい

1. ゆきの　けしきは　<u>うつくしい</u>です。
2. これは　あかちゃんに　<u>うつくしい</u>です。
3. このくすりは　とても　<u>うつくしい</u>です。
4. ここに　すわっても　<u>うつくしい</u>ですか。

模擬試題第一回　解答

もんだい 1

①　2　②　3　③　1　④　4　⑤　1
⑥　3　⑦　3　⑧　4　⑨　1

もんだい 2

①　4　②　1　③　2　④　2　⑤　4
⑥　2

もんだい 3

①　4　②　4　③　2　④　2　⑤　2
⑥　4　⑦　2　⑧　2　⑨　2　⑩　2

もんだい 4

①　1　②　1　③　2　④　4　⑤　3

もんだい 5

①　4　②　1　③　2　④　3　⑤　1

模擬試題第一回　中譯及解析

もんだい 1

＿＿＿の　ことばは　どう　よみますか。1・2・3・4から　いちばん　いい　ものを　ひとつ　えらんでください。

（　）① 雨（あめ）の　場合（ばあい）、しあいは　ちゅうしです。

1. じょうごう　　2. ばあい
3. ばごう　　4. ばしょ

中譯 下雨的時候，比賽終止。

解析 「場合（ばあい）」（場合）在此處可以翻譯成「～時候」。而選項4「場所（ばしょ）」則是「場地」的意思，其餘選項皆為不存在的語彙。

（　）② じしょは　いま　手元（てもと）に　ない。

1. でもと　　2. でもど
3. てもと　　4. てもど

中譯 字典現在不在手邊。

解析 「手元（てもと）」是名詞，「手頭、手邊」的意思。其餘選項為不存在的字。

（　）③ さいふを　引き出し（ひきだし）に　いれます。

1. ひきだし　　2. ひきでし
3. ひきたし　　4. ひきてし

中譯 把錢包放進抽屜。

解析 「引き出し（ひきだし）」是名詞，「抽屜」的意思。其餘選項為不存在的字。

（　）④ 看護師（かんごし）さんは　とても　やさしいです。

1. かんごふ　　2. かんふし

3. かんごうし　　4. かんごし

中譯 護理師非常溫柔。

解析 「看護師（かんごし）」是名詞，「護理師」的意思。選項1「看護婦（かんごふ）」（護士）因為性別平等關係，現多用「看護師（かんごし）」；其餘選項為不存在的字。

（　）⑤ しゃいんを　かいぎしつに　集（あつ）めます。

1. あつめます　　2. とどめます

3. きめます　　4. とめます

中譯 叫公司員工到會議室集合。

解析 「集（あつ）めます」是動詞，「集合」的意思。選項2是「とどめます」（阻攔、殘留），非N4範圍單字；選項3是「決（き）めます」（決定）；選項4是「止（と）めます」（停止）。

（　）⑥ しけんの　ため、一生懸命（いっしょうけんめい）べんきょうします。

1. いっしょけんめい

2. いっしょうけいめい

3. いっしょうけんめい

4. いっしょけいめい

中譯 為了考試，拚命唸書。

解析 「一生懸命（いっしょうけんめい）」是名詞、ナ形容詞，意思為「拚命（的）」，其餘選項為不存在的字。

（　）⑦ かれは　よく　つまらない　ことで
怒（おこ）ります。
1. さがります　　2. はしります
3. おこります　　4. しかります

中譯 他常因沒什麼大不了的事情發怒。

解析 「怒（おこ）ります」是動詞，「發怒」的意思。選項1是「下（さ）がります」（下降）；選項2是「走（はし）ります」（跑步）；選項4是「しかります」（責罵）。

（　）⑧ 正（ただ）しい　ことを　するべきです。
1. たたしい　　2. まさしい
3. まぶしい　　4. ただしい

中譯 應該做正確的事情。

解析 「正（ただ）しい」是イ形容詞，意思為「正確的」。選項3是「眩（まぶ）しい」（刺眼、耀眼的）。其餘選項為不存在的字。

（　）⑨ 空港（くうこう）まで　むかえに　いきましょう。
1. くうこう　　2. くうこい
3. そらこう　　4. みなとい

中譯 去機場迎接吧！

解析 「空港（くうこう）」是名詞，意思為「機場」。其餘選項為不存在的字。

もんだい２

＿＿の　ことばは　どう　かきますか。1・2・3・4から　いちばん　いい　ものを　ひとつ　えらんでください。

（　）① こんかいの　しけんは　わりあいに　かんたんでした。

1.独合に　　2.創合に

3.得合に　　4.割合に

中譯 這次的考試，比想像地簡單。

解析 「割合(わりあい)に」是副詞，意思為「比較地、比想像地還～」。其餘選項為不存在的字。

（　）② さいきんは　きもちの　いい　てんきが　つづいて　います。

1.気持ち　　2.気待ち

3.気立ち　　4.気満ち

中譯 最近令人覺得好心情的天氣持續著。

解析 「気持(きも)ち」是名詞，指「情緒、身體的感覺」。其餘選項為不存在的字。

（　）③ おおきい　おとが　したので、おどろきました。

1.夫　　2.音

3.声　　4.糸

中譯 因為發出巨響，嚇了一跳。

解析 「音(おと)」是名詞，意思為「（物體發出的）聲音」。選項1是「夫（おっと）」（稱自己的丈夫）；選項3是「声（こえ）」（生物發出的聲音）；選項4是「糸（いと）」（線）。

（　）④ にほんの　はちがつは　あついです。

1.厚い　　2.暑い

3.熱い　　4.圧い

中譯 日本的八月很熱。

解析 「暑（あつ）い」是イ形容詞，意思為「炎熱的」，限用於氣溫方面。選項1是「厚（あつ）い」（厚的）；選項3是「熱（あつ）い」（熱的、燙的），用於天氣以外的熱度；選項4是不存在的字。

（　）⑤ たいふうの　ため、やさいの　ねだんが　あがりました。

1.下がりました　　2.挙がりました

3.揚がりました　　4.上がりました

中譯 由於颱風，蔬菜的價格上揚了。

解析 「上（あ）がりました」是動詞過去式，意思為「上揚了」。選項1是「下（さ）がりました」（下降了）；選項2是「挙（あ）がりました」（列舉了）；選項3是「揚（あ）がりました」（揚起、升起了）。

（　）⑥ テレビの　ニュースで　かれの　じこを　しりました。

1.自故　　2.事故

3.死故　　4.視故

中譯 從電視新聞得知他的意外。

解析 「事故（じこ）」是名詞，意思為「意外」。其餘選項為不存在的字。

もんだい 3

＿＿に　なにを　いれますか。1・2・3・4から いちばん　いい　ものを　ひとつ　えらんで ください。

（　）① ＿＿＿で、ビルが　たおれました。

1. ちり　　2. てんき

3. あめ　　4. じしん

中譯 因為地震，大廈倒塌了。

解析 選項1是「地理（ちり）」（地理）；選項2是「天気（てんき）」（天氣）；選項3是「雨（あめ）」（雨）；選項4是「地震（じしん）」（地震）。所以正確答案是4。

（　）② 家族（かぞく）を　＿＿＿　旅行（りょこう）へ　いきます。

1. さげて　　2. つけて

3. つかまえて　　4. つれて

中譯 帶著家人去旅行。

解析 選項1是「下（さ）げて」（降低）；選項2是「付（つ）けて」（點燃、開燈）；選項3是「捕（つか）まえて」（逮捕）；選項4是「連（つ）れて」（帶著）；皆為動詞て形。所以正確答案是4。

( ) ③ ＿＿＿に　くまが　います。

1. うみ　　2. もり

3. いし　　4. くさ

中譯 森林裡有熊。

解析 選項1是「海（うみ）」（海）；選項2是「森（もり）」（森林）；選項3是「石（いし）」（石頭）；選項4是「草（くさ）」（草）。所以正確答案是2。

( ) ④ うるさいですね。だれが　＿＿＿　いるんですか。

1. おどろいて　　2. さわいで

3. びっくりして　　4. はなして

中譯 好吵喔。是誰在喧嘩呢？

解析 選項1是「驚（おどろ）いて」（驚嚇）；選項2是「騒（さわ）いで」（喧嘩）；選項3是「びっくりして」（嚇一跳）；選項4是「話（はな）して」（說）；皆為動詞て形。所以正確答案是2。

( ) ⑤ A「すみません。資料（しりょう）を　家（うち）に　忘（わす）れて　きて　しまいました」

B「そう、＿＿＿」

1. ごめんなさい　　2. しかたが　ないね

3. だめに　なったよ　　4. あんしんしたよ

中譯 A「抱歉。把資料忘在家裡了。」

B「那樣啊，那也沒辦法了。」

解析 選項1是「ごめんなさい」（對不起）；選項2是「仕方（しかた）がないね」（沒辦法啊）；選項3是

「だめになったよ」（變得不行了啊）；選項4是「安心したよ」（放心了啊）。所以正確答案是2。

（　）⑥ それは　ずいぶん　＿＿＿の　話です。

1. このまえ　　2. このあいだ

3. ひさしぶり　　4. むかし

中譯 那是相當久遠的事情。

解析 選項1是「この前」（這之前）；選項2是「この間」（上次、前幾天）；選項3是「久しぶり」（相隔很久）；選項4是「昔」（古時候、很久以前）。因為句中有「ずいぶん」（相當地），所以要接續「昔」，正確答案是4。

（　）⑦ では、木曜日　お宅に　＿＿＿。

1. ごらんに　なります

2. うかがいます

3. いらっしゃいます

4. おまちして　います

中譯 那麼，星期四將至府上拜訪。

解析 選項1是「ごらんになります」（看，「見る」的尊敬語）；選項2是「伺います」（拜訪，「訪れる」的謙讓語）；選項3是「いらっしゃいます」（來、去，「来る」、「行く」的尊敬語）；選項4是「お待ちしています」（等待，「待つ」的謙讓語）。所以正確答案是2。

（　）⑧ これから　そちらに　＿＿＿から、もう　ちょっと　まって　くれませんか。

1. むかえます　　2. むかいます

3. つづきます　　4. とどきます

中譯 現在正朝那邊過去，可以請再等一下嗎？

解析 選項1是「迎(むか)えます」（迎接）；選項2是「向(む)かいます」（朝向）；選項3是「続(つづ)きます」（繼續）；選項4是「届(とど)きます」（投遞、送達）。所以正確答案是2。

（　）⑨ ＿＿＿では　たとえば　ワインが　すきです。

1. ガソリン　　2. アルコール

3. ガス　　4. サラダ

中譯 含酒精飲料的話，喜歡像是葡萄酒。

解析 選項1是「ガソリン」（汽油）；選項2是「アルコール」（酒精類飲品）；選項3是「ガス」（瓦斯）；選項4是「サラダ」（沙拉）。所以正確答案是2。

（　）⑩ この問題(もんだい)に　ついて　＿＿＿　思(おも)いますか。

1. なぜ　　2. どう

3. どんな　　4. どうやって

中譯 關於這個問題，覺得如何？

解析 選項1是「なぜ」（為什麼）；選項2是「どう」（如何）；選項3是「どんな」（怎樣的～），必須接續名詞使用；選項4是「どうやって」（如何做）。所以正確答案是2。

もんだい4

＿＿の　ぶんと　だいたい　おなじ　いみの　ぶんが　あります。1・2・3・4から　いちばん　いい　ものを　ひとつ　えらんで　ください。

（　）① でんわばんごうを　おしえて　ください。

1. でんわばんごうを　しらせて　ください。
2. でんわばんごうを　かえて　ください。
3. でんわばんごうを　きめて　ください。
4. でんわばんごうを　くらべて　ください。

中譯 請告訴我電話號碼。

解析 選項1是「請告知電話號碼」；選項2是「請換電話號碼」；選項3是「請決定電話號碼」；選項4是「請比較電話號碼」。所以正確答案是1。

（　）② きょうしつに　がくせいが　のこって　います。

1. がくせいは　きょうしつに　まだ　います。
2. がくせいは　きょうしつに　もう　いない。
3. きょうしつで　がくせいが　べんきょうして　います。
4. きょうしつで　がくせいが　ほんを　よんで　います。

中譯 教室還留有學生。

解析 選項1是「學生還在教室」；選項2是「學生已經不在教室」；選項3是「學生在教室唸書」；選項4是「學生在教室看書」。所以正確答案是1。

（　）③ やまだ「ふじさんに　のぼったことが　あります」

1. やまださんは　ふじさんに　のぼりたいです。
2. やまださんは　ふじさんに　のぼりました。
3. やまださんは　ふじさんに　のぼりませんでした。
4. やまださんは　ふじさんに　のぼりたくないです。

中譯 山田「我爬過富士山。」

解析 選項1是「山田先生想爬富士山」；選項2是「山田先生爬了富士山」；選項3是「山田先生之前沒有爬富士山」；選項4是「山田先生不想爬富士山」。所以正確答案是2。

（　）④ このでんしゃは　いつも　すいて　います。

1. このでんしゃは　いつも　やすいです。
2. このでんしゃは　いつも　きれいです。
3. このでんしゃは　いつも　じかんが　おくれます。
4. このでんしゃは　いつも　ひとが　すくないです。

中譯 這電車總是空的。

解析 選項1是「這電車總是便宜的」；選項2是「這電車總是乾淨的」；選項3是「這電車總是誤點」；選項4是「這電車總是人很少」。所以正確答案是4。

（ ）⑤ わたしは　せんぱいに　ほんを　かして　もらいました。

1. せんぱいは　わたしに　ほんを　かりて　もらいました。
2. せんぱいは　わたしに　ほんを　かして　あげました。
3. せんぱいは　わたしに　ほんを　かして　くれました。
4. せんぱいは　わたしに　ほんを　かりて　くれました。

中譯 我跟學長借了書。

解析 首先，「かします」是「借出」；「かります」是「借入」。再者，「～てもらいます」是「我請別人幫忙做～」；「～てあげます」是「我為別人做～」；「～てくれます」是「別人為我做～」。所以，選項1文法錯誤，「～てもらいます」的主語必須是「わたし」（我）。選項2文法錯誤，「～てあげます」的主語必須是「わたし」（我）。選項4文法錯誤，動詞必須用「かします」。只有選項3正確，意思是「學長借了書給我」。

もんだい5

つぎの　ことばの　つかいかたで　いちばん　いい　ものを　1・2・3・4から　ひとつ　えらんで　ください。

（　）① けんがく

1. きのう　ともだちと　大（おお）きな　もりを　けんがくしました。
2. きのう　テレビで　にほんの　ニュースを　けんがくしました。
3. きのう　家族（かぞく）と　いなかを　けんがくしました。
4. きのう　しごとで　車（くるま）の　こうじょうを　けんがくしました。

中譯 昨天因為工作，參觀了車子的工廠。

解析 「見学（けんがく）」（參觀）是名詞，「見学（けんがく）＋する」則成為動詞，習慣用於設施方面的參訪，所以正確答案是4，其餘用法皆不正確。

（　）② だんだん

1. てんきは　だんだん　あたたかく　なります。
2. だんだん　あつい　ふくを　きなさい。
3. はるが　だんだん　きます。
4. にもつを　だんだん　かたづけます。

中譯 天氣將會漸漸變暖。

解析 「だんだん」（漸漸地）是副詞，習慣用於修飾

變化的過程，所以正確答案是1，其餘用法皆不正確。

（　）③ はず

1. がっこうを　やすみました。びょうきのはずです。

2. せんせいは　もう　きて　いるはずです。

3. がくせいは　よく　べんきょうするはずです。

4. ふたりは　どんな　はずですか。

中譯 老師應該已經來了。

解析 「はず」（應該）是名詞，整句為推測的口氣，所以正確答案是2。選項1應使用傳聞的表現方式「がっこうをやすみました。びょうきのようです」（向學校請假了。好像是生病的樣子）；選項3應使用義務的表現方式「がくせいはよくべんきょうするべきです」（學生應該好好地唸書）；選項4語意不符。

（　）④ はなみ

1. はなみの　れんしゅうは　さんじからです。

2. きのう　テレビで　はなみを　みました。

3. にほんへ　はなみに　いきませんか。

4. あねは　はなみの　せんせいです。

中譯 要去日本賞花嗎？

解析 「花見（はなみ）」（賞花）是動作性名詞，所以正確答案是3，其餘用法皆不正確。

（　）⑤ うつくしい

1. ゆきの　けしきは　うつくしいです。

2. これは　あかちゃんに　うつくしいです。

3. このくすりは　とても　うつくしいです。

4. ここに　すわっても　うつくしいですか。

中譯 雪景很漂亮。

解析 「うつくしい」（美麗的）是イ形容詞，所以正確答案是1，其餘用法皆不正確。

（八）模擬試題＋完全解析
❷模擬試題第二回

もんだい１

＿＿の　ことばは　どう　よみますか。1・2・3・4 から　いちばん　いい　ものを　ひとつ　えらんで　ください。

（　）① <u>表</u>に　なにか　かいて　あります。
1. ひょう　　2. てまえ
3. おもて　　4. てもと

（　）② さいきん、よく　<u>忘れ物</u>を　します。
1. わすれもの　　2. おぼれもの
3. おぼれこと　　4. わすれこと

（　）③ <u>道具</u>を　つかって　じっけんしましょう。
1. とうぐ　　2. とおく
3. どうぐ　　4. どうく

（　）④ へやを　<u>片付けて</u>　ください。
1. かたつけて　　2. かたづけて
3. かだつけて　　4. かだづけて

（　）⑤ <u>偶</u>に　コンサートへ　行きます。
1. すみ　　2. ぐう
3. くう　　4. たま

（　）⑥ にほんでは　サッカーが　とても　<u>盛ん</u>です。
1. ざかん　　2. ぜいかん
3. さかん　　4. せいかん

(　) ⑦ 下着は　じぶんで　あらって　ください。
1. しだぎ　　2. したぎ
3. したき　　4. しだき

(　) ⑧ このおさらは　浅いです。
1. あさい　　2. ふかい
3. あつい　　4. すごい

(　) ⑨ 昼間の　うちに　せんたくします。
1. ちるま　　2. しるま
3. くるま　　4. ひるま

もんだい 2

＿＿の　ことばは　どう　かきますか。1・2・3・4から　いちばん　いい　ものを　ひとつ　えらんでください。

(　) ① いけの　なかに　めずらしい　さかながいます。
1. 目しい　　2. 珍しい
3. 水しい　　4. 貴しい

(　) ② おくれたりゆうは　なんですか。
1. 理由　　2. 利用
3. 理容　　4. 利誘

(　) ③ かぞくと　えきの　まえで　わかれました。
1. 揺かれました　　2. 別れました
3. 解かれました　　4. 割れました

(　) ④ アルコールと　いうのは　たとえばワインや　おさけなどです。
1. 列えば　　2. 例えば
3. 挙えば　　4. 如えば

（　）⑤ かぜで　ひどい　ねつが　でました。
1.熱　　2.暑
3.焼　　4.温

（　）⑥ えがおで　おきゃくさんを　むかえて　ください。
1.合えて　　2.歓えて
3.迎えて　　4.会えて

もんだい 3

＿＿に　なにを　いれますか。1・2・3・4から　いちばん　いい　ものを　ひとつ　えらんで　ください。

（　）① ＿＿＿を　つけたら、すずしく　なりました。
1. だんぼう　　2. でんき
3. ストーブ　　4. れいぼう

（　）② もう　じかんが　ありませんから、＿＿＿　ください。
1. いそいで　　2. きゅうに
3. さわいで　　4. はやくて

（　）③ たなかさんの　てがみを　＿＿＿か。
1. ごらんに　なります
2. いらっしゃいます
3. おいでに　なります
4. はいけんします

（　）④ そんなことを　したら　＿＿＿しません。
1. しょうち　　2. こしょう
3. ちゅうい　　4. しょくじ

（　）⑤ A「りょうから　がっこうまで
でんしゃで　さんじかんも　かかります」
B「そうですか。＿＿＿ですね」
1. べんり　　2. たいへん
3. すてき　　4. おかしい

（　）⑥ ＿＿＿で　でんしゃが　とまって
しまいました。
1. しごと　　2. じこ
3. びょうき　　4. うんてん

（　）⑦ これは　たんじょうびに　かれが
くれた＿＿＿です。
1. アルバイト　　2. コンサート
3. プレゼント　　4. ガソリンスタンド

（　）⑧ げつようびが　＿＿＿だったら、
かようびに　しゅくだいを
だして　ください。
1. べんり　　2. むり
3. ひま　　4. ふべん

（　）⑨ としの　はじめは　＿＿＿です。
1. しがつ　　2. くがつ
3. しょうがつ　　4. ろくがつ

（　）⑩ にほんの　いちばん　＿＿＿は
ほっかいどうです。
1. した　　2. まんなか
3. きた　　4. むこう

もんだい4

＿＿の　ぶんと　だいたい　おなじ　いみの　ぶんが　あります。1・2・3・4から　いちばん　いい　ものを　ひとつ　えらんで　ください。

（　）① このこうえんは　よる　きけんです。
1. このこうえんは　よる　べんりです。
2. このこうえんは　よる　いそがしいです。
3. このこうえんは　よる　にぎやかです。
4. このこうえんは　よる　あぶないです。

（　）② ちちに　ほめられました。
1. ちちは　わたしに　「はやく　ねろ」と　いいました。
2. ちちは　わたしに　「いい　こだね」と　いいました。
3. ちちは　わたしに　「しおを　くれ」と　いいました。
4. ちちは　わたしに　「きを　つけて」と　いいました。

（　）③ A「きょう　いっしょに　えいがを　みに　いきませんか」
B「きょうは　ちょっと……」
1. ふたりは　これから　えいがかんへ　行きます。
2. ふたりは　これから　しょくじします。
3. ふたりは　これから　べつべつに　わかれます。
4. ふたりは　これから　かいものに　行きます。

名詞　形容詞　副詞　動詞　接續詞　招呼語　其他　模擬試題

（　）④ さいきん　おさけが　のめるように
なりました。
1. まえは　すこしなら　おさけを
のむことが　できました。
2. いつも　おさけを　のんで　います。
3. ちかごろ　おさけを　のむように
なりました。
4. さいきん　よく　おさけを　のみたいと
おもいます。

（　）⑤ このりょうは　だんせいが　はいっては
いけません。
1. このりょうは　だれが　はいっても
いいです。
2. このりょうは　だれも　はいっては
いけません。
3. このりょうは　じょせいが　はいっても
いいです。
4. このりょうは　じょせいが　はいっては
いけません。

もんだい 5

つぎの　ことばの　つかいかたで　いちばん　いい　ものを　1・2・3・4 から　ひとつ　えらんで　ください。

（　）① しんせつ
1. このみせは　しんせつですが、
たかいです。
2. これは　しんせつな　テレビです。
3. ともだちは　しんせつな　ことです。

4. となりの　ひとは　とても
しんせつです。

（　）② せわする
1. りょうきんを　せわして　ください。
2. せんぱいは　こうはいを　せわします。
3. みちを　せわします。
4. いらないものを　せわして　ください。

（　）③ けっして
1. けっして　ははに　はなしては
いけません。
2. しけんに　けっして　ごうかくします。
3. これは　けっしてな　けっかです。
4. あしたは　けっして　あめです。

（　）④ はずかしい
1. はずかしい　しゅくだいが　たくさん
あります。
2. きのう　はずかしい　テレビを
みました。
3. にほんごを　はずかしい　はなして
います。
4. はずかしい　ことを　しないで
ください。

（　）⑤ いじょう
1. ゆきの　けしきは　いじょうです。
2. たいわんの　じんこうは　にせんまん
いじょうです。
3. このくすりを　いじょう
のみたくないです。
4. かいぎが　まいしゅう　いじょう
あります。

模擬試題第二回　解答

もんだい 1

①　3　②　1　③　3　④　2　⑤　4
⑥　3　⑦　2　⑧　1　⑨　4

もんだい 2

①　2　②　1　③　2　④　2　⑤　1
⑥　3

もんだい 3

①　4　②　1　③　1　④　1　⑤　2
⑥　2　⑦　3　⑧　2　⑨　3　⑩　3

もんだい 4

①　4　②　2　③　3　④　3　⑤　3

もんだい 5

①　4　②　2　③　1　④　4　⑤　2

模擬試題第二回　中譯及解析

もんだい 1

____の　ことばは　どう　よみますか。1・2・3・4 から　いちばん　いい　ものを　ひとつ　えらんで ください。

（　）① 表（おもて）に　なにか　かいて　あります。

1. ひょう　　2. てまえ
3. おもて　　4. てもと

中譯　表面上寫著些什麼。

解析　選項1是「表（ひょう）」是「表格」；選項2「手前（てまえ）」是「面前」；選項3「表（おもて）」是「表面」；選項4「手元（てもと）」是「手頭、手邊」。所以正確答案為選項3。

（　）② さいきん、よく　忘れ物（わすれもの）を　します。

1. わすれもの　　2. おぼれもの
3. おぼれこと　　4. わすれこと

中譯　最近經常遺忘東西。

解析　「忘れ物（わすれもの）」是「遺忘東西」。其餘選項為錯誤用法。

（　）③ 道具（どうぐ）を　つかって　じっけんしましょう。

1. とうぐ　　2. とおく
3. どうぐ　　4. どうく

中譯　使用道具實驗吧。

解析　「道具（どうぐ）」是「道具」。選項1「唐虞（とうぐ）」是「堯舜時代」；選項2「遠(とお)く」是副詞「遙遠地」；選項4「同区(どうく)」是「同區域」，並非N4範圍的字。

（ ）④ へやを　片付(かたづ)けて　ください。

1. かたつけて　　2. かたづけて

3. かだつけて　　4. かだづけて

中譯 請整理房間。

解析「片付(かたづ)けて」是「片付(かたづ)ける」的て形，意思為「整理」。其餘選項為不存在的字。

（ ）⑤ 偶(たま)に　コンサートへ　行(い)きます。

1. すみ　　2. ぐう

3. くう　　4. たま

中譯 偶爾去演唱會。

解析「偶(たま)」是「偶爾」的意思；而選項1是「隅(すみ)」是「角落」。其餘選項皆為錯誤用法。

（ ）⑥ にほんでは　サッカーが　とても　盛(さか)んです。

1. ざかん　　2. ぜいかん

3. さかん　　4. せいかん

中譯 在日本，足球很盛行。

解析「盛(さか)ん」是「盛行」的意思，屬「ナ形容詞」，所以答案為選項3，其餘選項並非N4範圍的字，不特別列出。

（　）⑦ 下着（したぎ）は　じぶんで　あらって　ください。

1. しだぎ　　2. したぎ

3. したき　　4. しだき

中譯 內衣褲請自己洗。

解析 「下着（したぎ）」是「內衣或內褲」，所以正確答案為選項2，選項3「下木（したき）」是「在其他樹下生長的小棵樹木」，並非N4範圍的字，其餘選項為不存在的字。

（　）⑧ このおさらは　浅（あさ）いです。

1. あさい　　2. ふかい

3. あつい　　4. すごい

中譯 這個盤子很淺。

解析 選項1是「浅（あさ）い」是「淺的」；選項2「深（ふか）い」是「深的」；選項3「暑（あつ）い」是「（天氣）炎熱的」；選項4「すごい」是「厲害的」。

（　）⑨ 昼間（ひるま）の　うちに　せんたくします。

1. ちるま　　2. しるま

3. くるま　　4. ひるま

中譯 趁白天的時候洗衣服。

解析 「昼間（ひるま）」是「白天」的意思。選項3「車（くるま）」是「車子」；其餘選項為不存在的字。

もんだい2

＿＿の　ことばは　どう　かきますか。1・2・3・4から　いちばん　いい　ものを　ひとつ　えらんでください。

（　）① いけの　なかに　めずらしい　さかながいます。

1.目しい　　2.珍しい

3.水しい　　4.貴しい

中譯 池塘中有珍貴的魚。

解析 「珍(めずら)しい」是「珍貴、罕見的」，所以正確答案為選項2。其餘選項為不存在的字。

（　）② おくれたりゆうは　なんですか。

1.理由　　2.利用

3.理容　　4.利誘

中譯 遲到的理由是什麼呢？

解析 選項1是「理由(りゆう)」是「理由」；選項2「利用(りよう)」是「利用」；選項3「理容(りよう)」是「理髮和美容」；選項4為不存在的字。

（　）③ かぞくと　えきの　まえで　わかれました。

1.揺かれました　　2.別れました

3.解かれました　　4.割れました

中譯 和家人在車站前面分手了。

解析 選項2「別(わか)れました」是「分別了」；選項3「解(と)かれました」是「被解開、解除了」；選項4「割(わ)れました」是「破掉、裂開了」。選項1為不存在的字。

（　）④ アルコールと　いうのは　たとえば
ワインや　おさけなどです。

1.列えば　　2.例えば

3.挙えば　　4.如えば

中譯 所謂的含酒精飲料，例如葡萄酒或清酒等。

解析 「例（たと）えば」是「例如」。其餘選項為不存在的字。

（　）⑤ かぜで　ひどい　ねつが　でました。

1.熱　　2.暑

3.焼　　4.温

中譯 因為感冒，發了很高的燒。

解析 「熱（ねつ）」是「熱度、發燒」。其餘選用法皆不正確。

（　）⑥ えがおで　おきゃくさんを　むかえて
ください。

1.合えて　　2.歓えて

3.迎えて　　4.会えて

中譯 請用笑臉迎接客人。

解析 選項3「迎（むか）えて」是「迎（むか）える」的て形，意思是「迎接」。選項1「合（あ）えて」是「合（あ）える」的て形，屬於可能形動詞，意思是「能夠合適」；選項3「会（あ）えて」是「会（あ）える」的て形，屬於可能形動詞，意思是「能夠見面」；選項2為不存在的字。

もんだい3

＿＿に　なにを　いれますか。1・2・3・4から いちばん　いい　ものを　ひとつ　えらんで ください。

（　）① ＿＿＿を　つけたら、すずしく なりました。

1. だんぼう　　2. でんき
3. ストーブ　　4. れいぼう

中譯　開了冷氣，變涼了。

解析　選項1是「暖房（だんぼう）」是「暖氣」；選項2「電気（でんき）」是「電燈」；選項3「ストーブ」是「暖爐」；選項4「冷房（れいぼう）」是「冷氣」。

（　）② もう　じかんが　ありませんから、＿＿＿ ください。

1. いそいで　　2. きゅうに
3. さわいで　　4. はやくて

中譯　因為已經沒時間了，請快一點。

解析　選項1是「急（いそ）いで」是「快一點」；選項2「急（きゅう）に」是「突然」；選項3「騒（さわ）いで」是「吵鬧」；選項4「早（はや）くて」是「早的」。

（　）③ たなかさんの　てがみを　＿＿＿か。

1. ごらんに　なります
2. いらっしゃいます
3. おいでに　なります
4. はいけんします

中譯 田中先生的信，您要過目嗎？

解析 選項1是「ごらんになります」是「見(み)る」（看）的尊敬語；選項2「いらっしゃいます」是「行(い)く」（去）、「来(く)る」（來）和「いる」（在）的尊敬語；選項3「おいでになります」（出席）也屬敬語表現；選項4「拝見(はいけん)します」是「見(み)る」的謙讓語。因為是講別人的事情，所以要用選項1的敬語，不能用選項4的謙讓語。

（　）④ そんなことを　したら　＿＿＿しません。

1. しょうち　　2. こしょう

3. ちゅうい　　4. しょくじ

中譯 如果做了那樣的事情，絕不饒恕。

解析 選項1是「承知(しょうち)」是「知道、饒恕」；選項2「故障(こしょう)」是「故障」；選項3「注意(ちゅうい)」是「注意」；選項4「食事(しょくじ)」是「用餐」。

（　）⑤ A「りょうから　がっこうまで
でんしゃで　さんじかんも　かかります」
B「そうですか。＿＿＿ですね」

1. べんり　　2. たいへん

3. すてき　　4. おかしい

中譯 A「從宿舍到學校，搭電車需要花三個小時。」
B「這樣啊。真是辛苦呢。」

解析 選項1是「便利(べんり)」是「便利」；選項2「大変(たいへん)」是「辛苦、不得了」；選項3「素敵(すてき)」是「很棒」；選項4「おかしい」是「奇怪的」。

（　）⑥ ＿＿＿で　でんしゃが　とまって
しまいました。
1. しごと　2. じこ
3. びょうき　4. うんてん

中譯 因為意外，電車停駛了。

解析 選項1是「仕事（しごと）」是「工作」；選項2「事故（じこ）」是「意外」；選項3「病気（びょうき）」是「生病」；選項4「運転（うんてん）」是「駕駛」。

（　）⑦ これは　たんじょうびに　かれが
くれた＿＿＿です。
1. アルバイト　2. コンサート
3. プレゼント　4. ガソリンスタンド

中譯 這是生日時，他（男友）送我的禮物。

解析 選項1是「アルバイト」是「打工」；選項2「コンサート」是「演唱會、演奏會」；選項3「プレゼント」是「禮物」；選項4「ガソリンスタンド」是「加油站」。

（　）⑧ げつようびが　＿＿＿だったら、
かようびに　しゅくだいを　だして
ください。
1. べんり　2. むり
3. ひま　4. ふべん

中譯 如果星期一太勉強的話，請星期二交出作業。

解析 選項1是「便利（べんり）」是「便利」；選項2「無理（むり）」是「太勉強」；選項3「暇（ひま）」是「空閒」；選項4「不便（ふべん）」是「不方便」。

( ) ⑨ としの　はじめは　______です。

1. しがつ　　2. くがつ

3. しょうがつ　　4. ろくがつ

中譯 一年的開始是一月。

解析 選項1是「四月（しがつ）」是「四月」；選項2「九月（くがつ）」是「九月」；選項3「正月（しょうがつ）」是「正月、一月」；選項4「六月（ろくがつ）」是「六月」。

( ) ⑩ にほんの　いちばん　______は　ほっかいどうです。

1. した　　2. まんなか

3. きた　　4. むこう

中譯 日本的最北邊是北海道。

解析 選項1是「下（した）」是「下面」；選項2「真ん中（まんなか）」是「正中間」；選項3「北（きた）」是「北邊」；選項4「向こう（むこう）」是「對面」。

もんだい4

＿＿の　ぶんと　だいたい　おなじ　いみの　ぶんが　あります。1・2・3・4から　いちばん　いい　ものを　ひとつ　えらんで　ください。

（　）① このこうえんは　よる　きけんです。

1. このこうえんは　よる　べんりです。
2. このこうえんは　よる　いそがしいです。
3. このこうえんは　よる　にぎやかです。
4. このこうえんは　よる　あぶないです。

中譯 這個公園，晚上很危險。

解析 選項1是「這個公園，晚上很方便」；選項2是「這個公園，晚上很忙」；選項3是「這個公園，晚上很熱鬧」；選項4是「這個公園，晚上很危險」。所以正確答案是4。

（　）② ちちに　ほめられました。

1. ちちは　わたしに　「はやく　ねろ」と　いいました。
2. ちちは　わたしに　「いい　こだね」と　いいました。
3. ちちは　わたしに　「しおを　くれ」と　いいました。
4. ちちは　わたしに　「きを　つけて」と　いいました。

中譯 被家父稱讚了。

解析 選項1是「家父對我說：『快點睡』」；選項2

是「家父對我說：『好孩子啊』」；選項3是「家父對我說：『給我鹽』」；選項4是「家父對我說：『小心點』」。所以正確答案是2。

(　) ③ A「きょう　いっしょに　えいがを　みに　いきませんか」

B「きょうは　ちょっと……」

1. ふたりは　これから　えいがかんへ　行(い)きます。
2. ふたりは　これから　しょくじします。
3. ふたりは　これから　べつべつに　わかれます。
4. ふたりは　これから　かいものに　行(い)きます。

中譯 A「今天要不要一起去看電影呢？」

B「今天有點……」

解析 選項1是「二人現在要去電影院」；選項2是「二人現在要用餐」；選項3是「二人現在各自分開」；選項4是「二人現在要去買東西」。所以正確答案是3。

(　) ④ さいきん　おさけが　のめるように　なりました。

1. まえは　すこしなら　おさけを　のむことが　できました。
2. いつも　おさけを　のんで　います。
3. ちかごろ　おさけを　のむように　なりました。

4. さいきん　よく　おさけを　のみたいと
おもいます。

中譯　最近變得能夠喝酒了。

解析　選項1是「之前是如果一點點酒的話，是能夠喝的」；選項2是「總是喝著酒」；選項3是「最近開始喝起酒了」；選項4是「最近經常想喝酒」。所以正確答案是3。

（　）⑤ このりょうは　だんせいが　はいっては
いけません。

1. このりょうは　だれが　はいっても
いいです。
2. このりょうは　だれも　はいっては
いけません。
3. このりょうは　じょせいが　はいっても
いいです。
4. このりょうは　じょせいが　はいっては
いけません。

中譯　這宿舍，男性不可以進入。

解析　選項1是「這宿舍，誰都可以進入」；選項2是「這宿舍，誰都不可以進入」；選項3是「這宿舍，女性可以進入」；選項4是「這宿舍，女性不可以進入」。所以正確答案是3。

もんだい5

つぎの　ことばの　つかいかたで　いちばん　いい　ものを　1・2・3・4から　ひとつ　えらんで　ください。

（　）① しんせつ

1. このみせは　しんせつですが、たかいです。
2. これは　しんせつな　テレビです。
3. ともだちは　しんせつな　ことです。
4. となりの　ひとは　とても　しんせつです。

中譯 隔壁的人，非常親切。

解析 「親切（しんせつ）」（親切）是名詞、ナ形容詞，只能用來形容人，所以正確答案是4，其餘用法皆不正確。

（　）② せわする

1. りょうきんを　せわして　ください。
2. せんぱいは　こうはいを　せわします。
3. みちを　せわします。
4. いらないものを　せわして　ください。

中譯 前輩照顧晚輩。

解析 「世話（せわ）する」（照顧）是動詞，只能用來照顧人，所以正確答案是2，其餘用法皆不正確。

（　）③ けっして

1. けっして　ははに　はなしては
いけません。
2. しけんに　けっして　ごうかくします。
3. これは　けっしてな　けっかです。
4. あしたは　けっして　あめです。

中譯 絕對不可以跟家母說。

解析 「決（けっ）して」（絕對）是副詞，後面要接否定，所以正確答案是1，其餘用法皆不正確。

（　）④ はずかしい

1. はずかしい　しゅくだいが　たくさん
あります。
2. きのう　はずかしい　テレビを
みました。
3. にほんごを　はずかしい　はなして
います。
4. はずかしい　ことを　しないで
ください。

中譯 請不要做羞恥的事情。

解析 「恥（は）ずかしい」（羞恥的、丟臉的）是イ形容詞，只能用來形容事情，所以正確答案是4，其餘用法皆不正確。

（　）⑤ いじょう

1. ゆきの　けしきは　<u>いじょう</u>です。
2. たいわんの　じんこうは　にせんまん　いじょうです。
3. このくすりを　<u>いじょう</u>　のみたくないです。
4. かいぎが　まいしゅう　<u>いじょう</u>　あります。

中譯 台灣的人口二千萬以上。

解析 「以上（いじょう）」（以上）是和數量相關的名詞，所以正確答案是2，其餘用法皆不正確。

名詞
形容詞
副詞
動詞
接續詞
招呼語
其他
完全解析

（八）模擬試題＋完全解析

❸模擬試題第三回

もんだい１

＿＿の　ことばは　どう　よみますか。1・2・3・4 から　いちばん　いい　ものを　ひとつ　えらんで ください。

（　）① まいにち　じてんしゃで　がっこうに 通って　います。
1. はよって　　2. かよって
3. いよって　　4. しよって

（　）② こうえんの　隅に　ごみが　あります。
1. すみ　　2. ぐう
3. くう　　4. ずみ

（　）③ やくそくは　必ず　まもって　ください。
1. おならず　　2. いならず
3. しならず　　4. かならず

（　）④ やぎの　鬚は　しろいです。
1. かみ　　2. ひげ
3. しげ　　4. がみ

（　）⑤ しゅうまつの　えいがかんは　込んで います。
1. こんで　　2. すんで
3. ふんで　　4. かんで

（　）⑥ ここに　すわっても　宜しいですか。
1. ただしい　　2. おかしい
3. よろしい　　4. たのしい

（　）⑦ ことしは　地震が　なんかい
ありましたか。
1. ちしん　　2. じしん
3. ちじん　　4. じじん

（　）⑧ ふゆは　はやく　ひが　暮れます。
1. なれます　　2. くれます
3. たれます　　4. おれます

（　）⑨ しゅっちょうの　確かな　ひにちが
きまりましたか。
1. たしか　　2. いつか
3. にしか　　4. かくか

もんだい 2

＿＿の　ことばは　どう　かきますか。1・2・3・4 から　いちばん　いい　ものを　ひとつ　えらんで ください。

（　）① こまかい　ところも　そうじしなければ
いけません。
1.間かい　　2.細かい
3.独かい　　4.詳かい

（　）② かのじょには　むすめが　ふたり　います。
1.妹　　2.兄
3.姉　　4.娘

名詞　形容詞　副詞　動詞　接續詞　招呼語　其他　模擬試題

(　)③ <u>ざんねん</u>な　けっかに　なりました。
1. 惨念　2. 懺念
3. 暫念　4. 残念

(　)④ びょういんへ　ともだちの　<u>おみまい</u>に　いきました。
1. お観舞　2. お美舞
3. お見舞い　4. お身舞

(　)⑤ わるい　<u>しゅうかん</u>は　なおしましょう。
1. 週刊　2. 習慣
3. 主観　4. 首慣

(　)⑥ にほんじんの　ともだちの　いえに　<u>とまった</u>ことが　あります。
1. 泊まった　2. 止まった
3. 伯まった　4. 留まった

もんだい 3

＿＿に　なにを　いれますか。1・2・3・4 から　いちばん　いい　ものを　ひとつ　えらんで　ください。

(　)① わたしは　やすい　きゅうりょうで　＿＿＿　います。
1. せんそうして　2. けがして
3. せいかつして　4. しゅっせきして

(　)② コーヒーは　＿＿＿ので、こどもは　のまないほうが　いいです。
1. にがい　2. つめたい
3. さむい　4. いそがしい

(　) ③ みちを ＿＿＿、かいぎに　おくれました。
1. まちがえて　2. まにあって
3. のりかえて　4. みつけて

(　) ④ おんなのこは ＿＿＿を　たくさん
もって　います。
1. エスカレーター　2. カーテン
3. アクセサリー　4. スクリーン

(　) ⑤ A「＿＿＿」
B「ごしょうたい　ありがとう　ございます」
1. いってらっしゃい
2. よく　いらっしゃいました
3. おかげさまで
4. いって　まいります

(　) ⑥ れいぞうこの ＿＿＿が　おかしいので、
しゅうりを　たのみました。
1. きぶん　2. つごう
3. ぐあい　4. ようじ

(　) ⑦ このテストは ＿＿＿ かんたんです。
1. もうすぐ　2. しっかり
3. そろそろ　4. わりあいに

(　) ⑧ きのうの　こうぎは　とても ＿＿＿。
1. やくに　たちました
2. なく　なりました
3. そばに　おきました
4. きを　つけました

(　) ⑨ がっこうの　りょうは　とおくて
＿＿＿です。
1. じゅうぶん　2. ふべん
3. さびしい　4. じゃま

（　）⑩ ひとの　ては　＿＿＿が　じゅっぽん　あります。

1. け　　　　2. ゆび

3. め　　　　4. かみ

もんだい４

＿＿の　ぶんと　だいたい　おなじ　いみの　ぶんが　あります。1・2・3・4から　いちばん　いい　ものを　ひとつ　えらんで　ください。

（　）①「えんりょなく　めしあがって　ください」

1. いっぱい　うたって　ください。
2. いっぱい　いって　ください。
3. いっぱい　きいて　ください。
4. いっぱい　たべて　ください。

（　）② このパソコンは　たいわんせいです。

1. このパソコンは　たいわんで　つくられました。
2. このパソコンは　たいわんに　ゆにゅうされました。
3. このパソコンは　たいわんに　うられました。
4. このパソコンは　たいわんに　すてられました。

(　) ③ マリア「ひさしぶりですね」
1. マリアさんは　このひとと　よく　あいます。
2. マリアさんは　このひとと　あまり　あいません。
3. マリアさんは　このひとを　しりませんでした。
4. マリアさんは　このひとと　しゅうに　よんかい　あいます。

(　) ④ かいしゃに　ついたばかりです。
1. かいしゃに　ついて　もう　いちにちに　なりました。
2. かいしゃに　ついて　もう　いちじかんに　なりました。
3. もうすぐ　かいしゃに　つきます。
4. じゅっぷんまえに　かいしゃに　つきました。

(　) ⑤ らいねん　だいがくに　はいることにしました。
1. らいねん　だいがくで　べんきょうすることに　きめました。
2. らいねん　だいがくで　べんきょうするかもしれません。
3. らいねん　だいがくで　べんきょうするだろう。
4. らいねん　だいがくで　べんきょうするか　どうか　わかりません。

もんだい５

つぎの　ことばの　つかいかたで　いちばん　いい　ものを　1・2・3・4から　ひとつ　えらんで　ください。

（　）① おかげ

1. せんせいの　<u>おかげ</u>で　しけんに　ごうかくしました。
2. <u>おかげ</u>まで　がんばりましょう。
3. <u>おかげ</u>の　うちに　べんきょうしたほうが　いい。
4. だいがくせいは　ほとんど　<u>おかげ</u>を　もって　います。

（　）② とうとう

1. うわさどおり　<u>とうとう</u>　きれいな　ひとです。
2. しあいは　<u>とうとう</u>　まけて　しまいました。
3. はるが　<u>とうとう</u>　きます。
4. いっしゅうかん　かかって　レポートが　<u>とうとう</u>　できました。

（　）③ へん

1. くうきは　にんげんには　<u>へん</u>な　ものです。
2. でんきを　つけて、へやを　<u>へん</u>に　します。
3. あしたは　<u>へん</u>の　はれるでしょう。
4. へやから　<u>へん</u>な　おとが　きこえました。

(　) ④ よごれる

1. しろい　ふくは　すぐ　よごれます。
2. やきゅうの　しあいで　よごれました。
3. ちかくに　おおきな　ビルが よごれました。
4. かれしと　いちねんまえに よごれました。

(　) ⑤ うれしい

1. きょうは　うれしい　いちにちです。
2. このがっこうの　ソフトは うれしいです。
3. せんせいに　ほめられて　とても うれしいです。
4. まどから　うれしい　けしきが みえます。

模擬試題第三回　解答

もんだい 1

①　2　②　1　③　4　④　2　⑤　1
⑥　3　⑦　2　⑧　2　⑨　1

もんだい 2

①　2　②　4　③　4　④　3　⑤　2
⑥　1

もんだい 3

①　3　②　1　③　1　④　3　⑤　2
⑥　3　⑦　4　⑧　1　⑨　2　⑩　2

もんだい 4

①　4　②　1　③　2　④　4　⑤　1

もんだい 5

①　1　②　2　③　4　④　1　⑤　3

模擬試題第三回　中譯及解析

もんだい 1

＿＿の　ことばは　どう　よみますか。1・2・3・4 から　いちばん　いい　ものを　ひとつ　えらんで ください。

（　）① まいにち　じてんしゃで　がっこうに　通(かよ)って　います。

1. はよって　　2. かよって
3. いよって　　4. しよって

中譯　每天騎腳踏車通學。

解析　選項2「通(かよ)って」是「通(かよ)う」的て形，意思為「往返於～」。其餘選項為不存在的字。

（　）② こうえんの　隅(すみ)に　ごみが　あります。

1. すみ　　2. ぐう
3. くう　　4. ずみ

中譯　公園的角落有垃圾。

解析　選項1是「隅(すみ)」是「角落」。其餘選項為錯誤的發音。

（　）③ やくそくは　必(かなら)ず　まもって　ください。

1. おならず　　2. いならず
3. しならず　　4. かならず

中譯　請務必遵守約定。

解析　選項4「必(かなら)ず」是「務必」，屬於副詞。

（　）④ やぎの　鬚（ひげ）は　しろいです。

1. かみ　　2. ひげ
3. しげ　　4. がみ

中譯 山羊的鬍鬚是白的。

解析 選項1是「髪（かみ）」是「頭髮」；選項2「鬚（ひげ）」是「鬍鬚」。其餘選項皆不屬N4範圍單字。

（　）⑤ しゅうまつの　えいがかんは　込（こ）んでいます。

1. こんで　　2. すんで
3. ふんで　　4. かんで

中譯 週末的電影院很擁擠。

解析 選項1是「込（こ）んで」是「込（こ）む」（擁擠）的て形；選項2「住（す）んで」是「住（す）む」（居住）的て形；選項3「踏（ふ）んで」是「踏（ふ）む」（踩）的て形；選項4「かんで」是「かむ」（咬、咀嚼）的て形。

（　）⑥ ここに　すわっても　宜（よろ）しいですか。

1. ただしい　　2. おかしい
3. よろしい　　4. たのしい

中譯 可以坐在這邊嗎？

解析 選項1是「正（ただ）しい」是「正確的」；選項2「おかしい」是「奇怪的、可笑的」；選項3「宜（よろ）しい」是「可以的」；選項4「楽（たの）しい」是「快樂的」。

(　) ⑦ ことしは　地震（じしん）が　なんかい

ありましたか。

1. ちしん　　2. じしん

3. ちじん　　4. じじん

中譯 今年發生了幾次地震呢？

解析 選項2「地震（じしん）」是「地震」。其餘選項皆不屬N4範圍單字。

(　) ⑧ ふゆは　はやく　ひが　暮（く）れます。

1. なれます　　2. くれます

3. たれます　　4. おれます

中譯 冬天太陽較快下山。

解析 選項1是「慣（な）れます」是「習慣」；選項2「暮（く）れます」是「天黑」；選項3「垂（た）れます」是「垂掛」；選項4「折（お）れます」是「折斷」。

(　) ⑨ しゅっちょうの　確（たし）かな　ひにちが

きまりましたか。

1. たしか　　2. いつか

3. にしか　　4. かくか

中譯 出差確切的日期，已經決定了嗎？

解析 選項1「確（たし）か」意為「確切的」，屬ナ形容詞。選項2為「五日（いつか）」（五日），其餘選項皆不屬N4範圍單字。

もんだい２

＿＿の　ことばは　どう　かきますか。1・2・3・4から　いちばん　いい　ものを　ひとつ　えらんでください。

（　）① こまかい　ところも　そうじしなければいけません。

1.間かい　2.細かい

3.独かい　4.詳かい

中譯　細微的地方也得打掃。

解析　選項2「細（こま）かい」是「細微的」，屬於イ形容詞。其餘選項為不存在的字。

（　）② かのじょには　むすめが　ふたり　います。

1.妹　2.兄

3.姉　4.娘

中譯　她有二個女兒。

解析　選項1是「妹（いもうと）」是「舍妹」；選項2「兄（あに）」是「家兄」；選項3「姉（あね）」是「家姊」；選項4「娘（むすめ）」是「女兒」。

（　）③ ざんねんな　けっかに　なりました。

1.惨念　2.懺念

3.暫念　4.残念

中譯　變成了令人遺憾的結果。

解析　選項4「残念（ざんねん）」是「遺憾」。其餘選項為不存在的字。

（　）④ びょういんへ　ともだちの　<u>おみまい</u>に
いきました。

1. お観舞　　2. お美舞
3. お見舞い　　4. お身舞

中譯 去了醫院探望朋友。

解析 選項3「お見舞(みま)い」是「探病」。其餘選項為不存在的字。

（　）⑤ わるい　<u>しゅうかん</u>は　なおしましょう。

1. 週刊　　2. 習慣
3. 主観　　4. 首慣

中譯 改掉不好的習慣吧！

解析 選項1是「週刊(しゅうかん)」是「週刊」；選項2「習慣(しゅうかん)」是「習慣」；選項3「主観(しゅかん)」是「主觀」。選項4為不存在的字。

（　）⑥ にほんじんの　ともだちの　いえに
<u>とまった</u>ことが　あります。

1. 泊まった　　2. 止まった
3. 伯まった　　4. 留まった

中譯 曾在日本友人的家住宿。

解析 選項1是「泊(と)まった」是「泊(と)まる」（住宿）的た形；選項2「止(と)まった」是「止(と)まる」（停止）的た形；選項4「留(と)まった」是「留(と)まる」（滯留）的た形。選項3為不存在的字。

もんだい3

___に　なにを　いれますか。1・2・3・4から　いちばん　いい　ものを　ひとつ　えらんで　ください。

(　) ① わたしは　やすい　きゅうりょうで　______　います。

1. せんそうして　　2. けがして

3. せいかつして　　4. しゅっせきして

中譯 我靠著低廉的薪水生活著。

解析 選項1是「戦争して」是「戦争する」（戰爭）的て形；選項2「けがして」是「けがする」（受傷）的て形；選項3「生活して」是「生活する」（生活）的て形；選項4「出席して」是「出席する」（出席）的て形。

(　) ② コーヒーは　______ので、こどもは　のまないほうが　いいです。

1. にがい　　2. つめたい

3. さむい　　4. いそがしい

中譯 因為咖啡苦，小孩不要喝比較好。

解析 選項1是「苦い」是「苦的」；選項2「冷たい」是「冷的、冰的」；選項3「寒い」是「（天氣）寒冷的」；選項4「忙しい」是「忙碌的」。

(　) ③ みちを　______、かいぎに　おくれました。

1. まちがえて　　2. まにあって

3. のりかえて　　4. みつけて

中譯 弄錯路，開會遲到了。

解析 選項1是「間違えて」是「間違える」（弄錯）的て形；選項2「間に合って」是「間に合う」（來得及）的て形；選項3「乗り換えて」是「乗り換える」（換車）的て形；選項4「見付けて」是「見付ける」（找到）的て形。

（　）④ おんなのこは　＿＿＿を　たくさん　もって　います。

1. エスカレーター　　2. カーテン

3. アクセサリー　　4. スクリーン

中譯 女孩子有很多飾品。

解析 選項1是「エスカレーター」是「電扶梯」；選項2「カーテン」是「窗簾」；選項3「アクセサリー」是「飾品」；選項4「スクリーン」是「銀幕」。

（　）⑤ A「＿＿＿」

B「ごしょうたい　ありがとう　ございます」

1. いってらっしゃい

2. よく　いらっしゃいました

3. おかげさまで

4. いって　まいります

中譯 A「很高興您的到來。」

B「謝謝您的招待。」

解析 選項1是「いってらっしゃい」是「請慢走」；選項2「よくいらっしゃいました」是

「很高興您的到來」；選項3「お陰(かげ)さまで」是「托您的福」；選項4「いってまいります」是「我走了」。

（　）⑥ れいぞうこの ＿＿＿が　おかしいので、しゅうりを　たのみました。

1. きぶん　　2. つごう

3. ぐあい　　4. ようじ

中譯　因為冰箱的狀況怪怪的，所以送修了。

解析　選項1是「気分(きぶん)」是「心情、身體的感覺」；選項2「都合(つごう)」是「方便」；選項3「具合(ぐあい)」是「狀況」；選項4「用事(ようじ)」是「（待辦的）事情」。

（　）⑦ このテストは ＿＿＿　かんたんです。

1. もうすぐ　　2. しっかり

3. そろそろ　　4. わりあいに

中譯　這個測驗比想像還簡單。

解析　選項1是「もうすぐ」是「即將」；選項2「しっかり」是「結實地」；選項3「そろそろ」是「差不多」；選項4「割合(わりあい)に」是「比想像還～」。

（　）⑧ きのうの　こうぎは　とても ＿＿＿。

1. やくに　たちました

2. なく　なりました

3. そばに　おきました

4. きを　つけました

中譯 昨天的上課非常有益。

解析 選項1是「役(やく)に立(た)ちました」是「對～有幫助的」；選項2「なくなりました」是「不見了」；選項3「そばに置(お)きました」是「放在旁邊了」；選項4「気(き)をつけました」是「小心了」。

(　) ⑨ がっこうの　りょうは　とおくて ______です。

1. じゅうぶん　　2. ふべん

3. さびしい　　4. じゃま

中譯 學校的宿舍又遠又不方便。

解析 選項1是「十分(じゅうぶん)」是「足夠（的）、充分（的）」；選項2「不便(ふべん)」是「不方便」；選項3「寂(さび)しい」是「寂寞的」；選項4「じゃま」是「打擾、障礙」。

(　) ⑩ ひとの　ては　______が　じゅっぽん　あります。

1. け　　2. ゆび

3. め　　4. かみ

中譯 人的手有十隻指頭。

解析 選項1是「毛(け)」是「毛髮」；選項2「指(ゆび)」是「手指頭」；選項3「目(め)」是「眼睛」；選項4「髪(かみ)」是「頭髮」。

もんだい４

＿＿の　ぶんと　だいたい　おなじ　いみの　ぶんが　あります。１・２・３・４から　いちばん　いい　ものを　ひとつ　えらんで　ください。

（　）①「えんりょなく　めしあがって　ください」

1. いっぱい　うたって　ください。
2. いっぱい　いって　ください。
3. いっぱい　きいて　ください。
4. いっぱい　たべて　ください。

中譯　「別客氣，請享用。」

解析　選項1是「請盡情地唱」；選項2是「請盡情地說」；選項3是「請盡情地聽」；選項4是「請盡情地吃」。所以正確答案是4。

（　）②このパソコンは　たいわんせいです。

1. このパソコンは　たいわんで　つくられました。
2. このパソコンは　たいわんに　ゆにゅうされました。
3. このパソコンは　たいわんに　うられました。
4. このパソコンは　たいわんに　すてられました。

中譯　這台個人電腦是台灣製。

解析　選項1是「這台個人電腦是在台灣製造的」；選項2是「這台個人電腦進口到台灣了」；選

項3是「這台個人電腦在台灣被販售了」；選項4是「這台個人電腦在台灣被丟棄了」。所以正確答案是1。

（　）③ マリア「ひさしぶりですね」

1. マリアさんは　このひとと　よく　あいます。
2. マリアさんは　このひとと　あまり　あいません。
3. マリアさんは　このひとを　しりませんでした。
4. マリアさんは　このひとと　しゅうに　よんかい　あいます。

中譯 瑪麗亞「好久不見了。」

解析 選項1是「瑪麗亞小姐和這個人經常見面」；選項2是「瑪麗亞小姐和這個人不太見面」；選項3是「瑪麗亞小姐不認識這個人」；選項4是「瑪麗亞小姐和這個人，一個禮拜見四次面」。所以正確答案是2。

（　）④ かいしゃに　ついたばかりです。

1. かいしゃに　ついて　もう　いちにちに　なりました。
2. かいしゃに　ついて　もう　いちじかんに　なりました。
3. もうすぐ　かいしゃに　つきます。
4. じゅっぷんまえに　かいしゃに　つきました。

中譯 剛抵達公司。

解析 選項1是「抵達公司已經一天了」；選項2是「抵達公司已經一個小時了」；選項3是「快要抵達公司了」；選項4是「十分鐘前抵達公司」。所以正確答案是4。

（ ）⑤ らいねん　だいがくに　はいることにしました。

1. らいねん　だいがくで べんきょうすることに　きめました。
2. らいねん　だいがくで べんきょうするかもしれません。
3. らいねん　だいがくで べんきょうするだろう。
4. らいねん　だいがくで　べんきょうするか どうか　わかりません。

中譯 決定明年進大學。

解析 選項1是「決定明年在大學唸書」；選項2是「也許明年在大學唸書」；選項3是「大概明年在大學唸書吧」；選項4是「不知道明年是否在大學唸書」。所以正確答案是1。

もんだい５

つぎの　ことばの　つかいかたで　いちばん　いい ものを　1・2・3・4から　ひとつ　えらんで ください。

（　）① おかげ

1. せんせいの　おかげで　しけんに ごうかくしました。
2. おかげまで　がんばりましょう。
3. おかげの　うちに　べんきょうしたほうが いい。
4. だいがくせいは　ほとんど　おかげを もって　います。

中譯 托老師的福，考試合格了。

解析 「お陰（かげ）」（托福）是名詞，習慣用於向人家報告好的事情，所以正確答案是1，其餘用法皆不正確。

（　）② とうとう

1. うわさどおり　とうとう　きれいな ひとです。
2. しあいは　とうとう　まけて しまいました。
3. はるが　とうとう　きます。
4. いっしゅうかん　かかって　レポートが とうとう　できました。

中譯 比賽最終還是輸了。

解析 「とうとう」（終於）是副詞，用於「不好的結果」，所以正確答案是2，其餘用法皆不正確。

（　）③ へん

1. くうきは　にんげんには　へんな　ものです。
2. でんきを　つけて、へやを　へんに　します。
3. あしたは　へんの　はれるでしょう。
4. へやから　へんな　おとが　きこえました。

中譯 從房間傳來奇怪的聲音。

解析 「変（へん）」（奇怪的）是ナ形容詞，根據語意所以正確答案是4，其餘用法皆不正確。

（　）④ よごれる

1. しろい　ふくは　すぐ　よごれます。
2. やきゅうの　しあいで　よごれました。
3. ちかくに　おおきな　ビルが　よごれました。
4. かれしと　いちねんまえに　よごれました。

中譯 白色的衣服馬上會弄髒。

解析 「汚（よご）れる」（弄髒）是動詞，習慣用於衣物或是身心，所以正確答案是1，其餘用法皆不正確。

（　）⑤ うれしい

1. きょうは　うれしい　いちにちです。
2. このがっこうの　ソフトは　うれしいです。
3. せんせいに　ほめられて　とても　うれしいです。
4. まどから　うれしい　けしきが　みえます。

中譯　被老師稱讚，非常高興。

解析　「うれしい」（高興的）是イ形容詞，習慣用於形容心情，所以正確答案是3，其餘用法皆不正確。

國家圖書館出版品預行編目資料

新日檢N4單字帶著背！新版 / 張暖彗著
-- 三版 -- 臺北市：瑞蘭國際, 2023.02
288面；10.4×16.2公分 --（隨身外語系列；65）
ISBN：978-626-7274-07-1（平裝）
1.CST：日語 2.CST：詞彙 3.CST：能力測驗

803.189 112000977

隨身外語系列 65

新日檢 N4單字帶著背！新版

作者｜張暖彗・責任編輯｜葉仲芸、王愿琦
校對｜張暖彗、こんどうともこ、葉仲芸、王愿琦

日語錄音｜今泉江利子、吉岡生信
錄音室｜不凡數位錄音室、純粹錄音後製有限公司
封面設計｜劉麗雪・版型設計｜張芝瑜
內文排版｜帛格有限公司、余佳憓・插畫｜614

瑞蘭國際出版
董事長｜張暖彗・社長兼總編輯｜王愿琦
編輯部
副總編輯｜葉仲芸・主編｜潘治婷
設計部主任｜陳如琪
業務部
經理｜楊米琪・主任｜林湲洵・組長｜張毓庭

出版社｜瑞蘭國際有限公司・地址｜台北市大安區安和路一段104號7樓之1
電話｜(02)2700-4625・傳真｜(02)2700-4622・訂購專線｜(02)2700-4625
劃撥帳號｜19914152 瑞蘭國際有限公司
瑞蘭國際網路書城｜www.genki-japan.com.tw

法律顧問｜海灣國際法律事務所　呂錦峯律師

總經銷｜聯合發行股份有限公司・電話｜(02)2917-8022、2917-8042
傳真｜(02)2915-6275、2915-7212・印刷｜科億印刷股份有限公司
出版日期｜2023年02月初版1刷・定價｜320元・ISBN｜978-626-7274-07-1
2024年06月初版2刷

本書採用環保大豆油墨印製

瑞蘭國際